십대들의 마음 근육을 키워 주는 시 읽기

시꽃 이야기꽃

시꽃

십대들의 마음 근육을 키워 주는 시 읽기

이야기꽃

찰리북

일러두기

1. 본문에 인용된 시 전문은 한국문예학술저작권협회, 한국복제전송저작권협회와 출판권을 가진 출판사를 통해 저작권자의 동의를 얻어 수록했습니다. 시 출처는 본문 뒤에 따로 밝혀 두었습니다.

2. 시 원문은 작품이 실린 전집이나 시집의 표기를 그대로 살리되 한자는 괄호 안에 병기했습니다. 본문은 시를 직접 인용한 경우를 제외하고 국립국어원과 표준국어대사전의 원칙에 따라 맞춤법과 띄어쓰기를 했습니다. 단, 보조 용언은 띄어 쓰되 본용언이 한 글자인 경우 읽기의 편의를 위해 붙여 썼습니다.

3. 어려운 시어는 각주를 달아 풀이를 덧붙였습니다.

4. 책·시집·잡지는 『 』, 시·미술 작품·신문은 「 」로 표기하였습니다.

우리 현대시로 '나'를 읽는다

"시는 체험이다."_라이너 마리아 릴케(Rainer Maria Rilke, 1875~1926)

시는 나에게 찾아오는 체험입니다. 길을 걷고 바람을 맞고, 수업을 듣고 대화하는 일들이 반복되는 일상. 그러한 일상이 어느 찰나 새롭게 다가와 나의 감각과 생각을 열어 줄 때, 시는 시작됩니다.

시를 읽는다는 것은 시인의 체험을 다시 내가 체험하는 것입니다. 그래서 "시는 단지 운문에만 있는 것이 아니라 미와 생명이 있는 곳에" 있다고 러시아의 문호 이반 투르게네프(Ivan Sergeevich Turgenev, 1818~1883)는 말했습니다.

여러분은 시를 읽으며 무엇을 체험하나요? 국어 시간에 접하는 교과서뿐 아니라 문학 영역 문제집에도 시는 늘 한자리를 차지합니다. 여러분은 시를 어떻게 읽나요? 시 본문과 해설을 기계적으로 연결해 가며 유통기한 지난 맛없는 통조림을 먹듯 시를 대하지는 않나요?

언어와 문장을 좋아하고 독서를 즐긴다는 청소년들조차 시집을 스스로 찾아 읽기는 어렵다고 합니다. 우연히 알게 된 시 한 편이 마음에 들어 그 시인의 시집을 더 찾아 보더라도 처음의 설렘을 끝까지 유지하며 읽기란 참 어렵습니다.

시와 해설을 엮어 놓은 시 읽기 책도 시보다 해설이 더 어려운 경우가 많습니다. 지은이의 주관적인 읽기 체험만을 짧게 서술한 책도 많아 사실 청소년의 눈높이에 맞는 시 읽기 안내서를 찾기란 쉽지 않습니다.

시가 해석 불가능한 암호, 암기의 대상이 되는 것은 참 안타까운 일입니다. 생의 가장 밀도 높은 순간을 포착하여 피워 낸 순백의 결정이 화석처럼 딱딱하게 느껴진다면, 우리가 느낄 수 있는 아름다움과 안식은 절반으로 줄어들 테니까요.

"미와 생명"이 있는 곳에 피어난 꽃, 시. 그 시를 제대로 음미하면 그것이 품은 이야기가 다가옵니다. 자신의 비밀을 우리에게 열어 보이며 다가서지요. 그때의 기쁨은 말할 수 없이 큽니다. 마음속에서 맑은 우물이 차오르는 것 같고, 내가 확장된 듯 세계의 비밀을 남몰래 엿본 듯 설렙니다.

어떻게 하면 시를 사랑할 수 있을까요? 무엇보다 내 삶과 연관된 시를 자주 읽어 보는 것이 좋습니다. 사실 십대야말로 시와 가장 가까워질 수 있는 때입니다. 몸과 마음이 계속해서 변화하는 시기니까요.

몸과 마음이 성장하는 데에는 통증이 따릅니다. 통증을 어떻게 받아들이느냐에 따라 성장하는 모습이 달라지겠지요. 자신에게 고통스런 체험이 다가왔을 때 그 체험의 의미를 톺아보는 사람, 묻고 또 물으며 끝내 바른 길을 찾아내는 사람만이 성장할 수 있습니다. 겨울을 견딘 나무만이 나이테를 한 줄 더 두르는 것은 이치입니다.

시를 읽으며 자신에게 다가온 통증의 의미를 궁구하고, 그 힘으로 시를 즐길 수 있는 안목을 기른다면 얼마나 멋질까요? 이 책에 실린 36편의 시와 동행하며 여러분에게 그런 멋진 변화가 찾아오기를 바랍니다.

이 책은 십대인 여러분이 성장 과정에서 톺아볼 12가지 주제를 동심원을 그리듯 구성하였습니다. 1부에서는 나를 돌아보고, 2부에서는 다른 사람과의 관계 맺기에 대해 생각해 봅니다. 이어서 3부에서는 내게 닥친 시련과 고통을 극복하기 위한 시들을 살펴봅니다. 마지막으로 4부에서는 더 큰 세상으로 눈을 돌려 사회에 참여할 준비를 합니다.

1부에서는 자신의 내적인 상처에 귀 기울이는 법을 알려 주는 시, 자아상을 점검하는 시, 외로움을 남다르게 껴안는 작품들을 통해 자신을 돌아볼 수 있게 했습니다. 2부에서는 친구와 관계 맺는 일의 의미, 부모에게서 심리적으로 독립하고 싶은 갈등을 다루는 법, 이성에게 싹트는 사랑의 감정을 다룬 시들을 읽으며 인간관계를 풍요롭게 할 수 있도록 도왔습니다.

3부는 가족이나 사랑하는 사람을 잃어 본 상실의 경험, 가난이 가져다주는 소외감을 다룬 시, 가슴 뛰게 하는 이상이 없어 삶이 시들한 청소년이 읽으면 좋을 시 들을 담아 특정한 시련을 극복하도록 했습니다. 4부에는 사회에서 소외받는 이들을 끌어안고 불의에 저항하는 자세를 다룬 시, 너른 세상을 여행하며 자신을 키울 수 있는 시들을 담았습니다. 각 꼭지의 말미에는 '더 읽어 볼 시집'을 소개하여 시와 친해지고 싶은 마음이 생긴 독자들이 본문에 소개한 시인의 시집을 찾아 읽을 수 있도록 하였습니다.

이 책은 월간『고교 독서평설』에 연재했던 원고를 고치고 다듬어 새롭게 구성한 시 읽기 교양서입니다. 시를 읽으며 자신에게 다가온 통증의 의미를 궁구하고, 그 힘으로 시를 가까이 즐길 수 있는 안목을 길러 보자는 책의 기획 의도를 살리기 위해 많은 부분을 덜어내고 보강하였습니다. 또한 이 책은『십대 마음 10大 공감』의 연장선에 있습니다.『십대 마음 10大 공감』이 소설을 읽으며 십대의 성장을 돕는 책이었다면, 이번 책은 시를 매개로 한 것입니다. 십대의 심리적 성장을 돕고, 한 걸음 더 나아가 시를 스스로 즐겨 읽는 힘을 기르도록 하였습니다.

시를 읽으며 골똘히 생각에 잠기는 독자들의 표정을 그려 봅니다. 푸르고 아름다운 모습입니다. 아무쪼록 이 책을 통해 자신의 마음 밭을 가꾸고, 시를 사랑하게 되어 훌쩍 성장하기를 희망합니다.

2014년 6월,
나무들의 푸른 함성이 싱그러운 양평에서 김미경

차례

나와 마주하기

내 마음의 소리를 듣는다

시 읽기로 깊이 사색하기

고민이 있거나 마음에 상처를 입었을 때 우리는 대개 친한 친구에게 속마음을 털어놓습니다. 하지만 그럴 수 없을 때도 있지요.

마음이 무거울 때, 그 감정을 정면으로 응시하기란 쉽지 않습니다. 친구와 가벼운 수다를 떨거나, 음악을 듣거나 게임을 해보지만, 그것도 잠깐일 뿐 여전히 문제는 사라지지 않습니다. 그럴 때에는 무엇이 마음을 무겁게 하는지, 어디서부터 잘못된 것인지 차근히 생각해보는 시간이 필요합니다. 그런데 이게 쉽지 않죠.

건강한 몸을 만들기 위해 운동으로 근육을 단련하듯, 마음 건강을 지키기 위해서는 생각하는 힘을 기르고 마음 근육을 키워야 하지요.

이럴 때 시가 도움이 될 수 있습니다. 가벼운 놀이 대신, 한 편의 시를 읽으면 마음 근육을 키울 수 있거든요.

시는 시인과 세상의 상처로부터 피어난 꽃입니다. 진지하게 그 꽃에 다가가 생김새도 뜯어보고 향기도 맡아 본다면, 그 꽃이 여러분의 아픈 마음을 어떻게 어루만져 주는지 알 수 있을 거예요.

삶

정호승

사람들은 때때로
수평선이 될 때가 있다

사람들은 때때로
수평선 밖으로 뛰어내릴 때가 있다

밤이 지나지 않고 새벽이 올 때
어머니를 땅에 묻고 산을 내려올 때

스스로 사랑이라고 부르던 것들이
모든 증오일 때

사람들은 때때로

수평선 밖으로 뛰어내린다

시인은 자신이 깊이 상처받았던 순간에 대해 이야기합니다. "때때로 / 수평선이" 되는 순간, 낙담하고 좌절하여 굳세게 일어서지 못하고 길게 돌아누워 버리는 순간 말입니다. 마음이 힘들어서 사랑하는 가족이나 가까운 친구의 얼굴을 간절히 떠올리지만, 때로 자신의 아픔을 다 털어놓기란 쉽지 않습니다.

부모님이 자주 싸우셔서 마음이 불안할 때, 가족이 큰 병에 걸려서 겁이 날 때 그런 무거운 감정을 친구들과 나누기는 어렵습니다. 믿었던 친구가 돌아서서 나를 따돌린다면, 좋아하는 이성 친구가 갑자기 헤어지자고 한다면 "사랑이라고 부르던 것들이 / 모든 증오"로 돌변할 수 있겠지요.

사랑하는 가족이나 친구 혹은 반려동물을 저세상으로 떠나보내거나 뜻밖의 큰 사고로 장애를 입는다면 엄청난 상실감과 절망감이 찾아올 겁니다. 그 정도의 절망감이라면 삶을 놓아 버릴 수도 있습니다. 바로 "수평선 밖으로 뛰어내"리는 겁니다.

여러분은 어떤 때에, 이 시처럼 수평선이 되나요? 언제 여러분만의 공간에 틀어박히나요?

힘없이 돌아누워 슬픔을 헤아리던 순간을 떠올려 보세요. 수평선 밖으로 뛰어내리고 싶을 만큼 삶이 힘겹게 느껴졌던 때를 생각해 보세요. 그러한 시간에 이 시가 여러분에게 나직한 위로를 건넬 것입니다.

지금 깨끗한 종이를 펼쳐 놓고 그 위에 마음을 풀어놓아 보세요. 자주 쓰는 검정 볼펜, 선이 부드러운 잉크펜, 사각사각 편하게 쓸 수 있는 플러스펜, 아니면 평소 잘 사용하지 않던 연필도 좋습니다. 마음이 편안해지는 색깔 펜을 골라 보세요. 흰 종이가 마음에 들지 않는다면 마음에 드는 종이를 사 와도 좋습니다.

글쓰기란 자신의 영혼을 여는 행위이기 때문에 가장 편안한 환경에서만 그 실력이 발휘되거든요. 속을 터놓기 전에 우리가 상대방의 됨됨이와 형편을 헤아리듯 나의 마음 상태를 편안히 하는 것도 중요해요. 자, 이제 준비가 되었다면 편안하게 자신의 마음을 적어 봅시다.

어떤가요? 미처 다 알지 못했던 자신의 마음이 종이 위에 자그맣게 웅크려 앉는 모습이 보이나요?

마음이 복잡할 때 한 줄 공감이 되는 시

종이 위에 자신의 마음을 다 그렸다면 다음 시를 읽어 보지요. 한 여행자의 시입니다.

여행자

기형도

그는 말을 듣지 않는 자신의 육체를 침대 위에 집어던진다

그의 마음속에 가득찬, 오래 된 잡동사니들이 일제히 절그럭거린다

이 목소리는 누구의 것인가, 무슨 이야기부터 해야 할 것인가

나는 이곳까지 열심히 걸어왔었다, 시무룩한 낯짝을 보인 적도 없다

오오, 나는 알 수 없다, 이곳 사람들은 도대체 무엇을 보고 내 정체를 눈치챘을까

그는 탄식한다, 그는 완전히 다르게 살고 싶었다, 나에게도 그만한 권리는 있지 않은가

모퉁이에서 마주친 노파, 술집에서 만난 고양이까지 나를 거들떠보지도 않았다

중얼거린다, 무엇이 그를 이곳까지 질질 끌고 왔는지, 그는 더 이상 기억도 못한다

그럴 수도 있다, 그는 낡아빠진 구두에 쑤셔박힌, 길쭉하고 가늘은

자신의 다리를 바라보고 동물처럼 울부짖는다, 그렇다면 도

대체 또 어디로 간단 말인가!

시작은 했지만 끝은 어떻게 닫힐지 알 수 없는 여행, 길을 걷다 보면 만나게 되는 수많은 사람과 사건들, 그리고 끝없는 배움……. 그렇습니다. 인생은 여행입니다. 우리는 모두 여행자이고요.

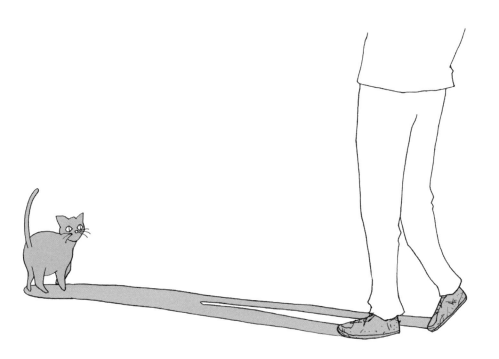

이 시에서 여행자는 문득 여행을 중단하고 드러눕습니다. 그런데 그는 스스로의 의지로 눕는 것이 아닙니다. "말을 듣지 않는 자신의 육체를 침대 위에 집어던"집니다. 지금 그의 감정과 의지와 몸은 분열되어 있습니다.

해야 할 일을 어쩔 수 없이 하면서도 마음속에는 다른 감정이 가득했던 때를 떠올려 보세요. 친한 친구와 절교한 날 그 사실을 감추고 다른 친구들과 재잘거리며 밥을 먹거나, 집안에 안 좋은 일이 생겨 밤새 한숨도 못 잤는데 아무렇지 않은 얼굴로 학교에 가는 길을 떠올려도 좋습니다. 만약 그런 날이 하루, 한 주, 한 달, 한 학기가 넘도록 계속되면 몸과 마음을 뜻대로 움직이기가 점점 힘들어질 거예요. 그러다 어느 날은 지쳐서 부서지듯 침대 위에 자신을 내던질 수도 있고요.

「여행자」의 화자가 현재 그렇습니다. 그의 마음에 갖가지 아픔들이 충돌하고 있습니다. "마음속에 가득찬, 오래 된 잡동사니들이" 절그럭절그럭 부딪치며 뒤채지요. 그렇다면 화자는 도대체 어떤 아픔을 느끼는 걸까요? "이 목소리는 누구의 것인가", "나는 이곳까지 열심히 걸어왔었다", "시무룩한 낯짝", "완전히 다르게 살고 싶었다", "낡아빠진 구두에 쑤셔박힌, 길쭉하고 가늘은 / 자신의 다리" 등의 구절에서 단절감과 낯섦, 지친 모습, 실망감, 무력함, 깊은 좌절감 등을 느낄 수 있습니다. 화자의 아픔 가운데 여러분은 어떤 감정에 특히 공감하나요? 일상을 잠시 중단하고 자신만의 방에 틀어박혔던 그날,

여러분의 내면에서는 어떤 '잡동사니'들이 절그럭거렸던가요?

우리는 감정과 의지와 행동 사이에 불일치가 발생할 때 괴로움을 느낍니다. 마음은 그게 아닌데 상대방에게 해서는 안 될 말을 하고, 공부를 하면서도 집중을 못하는 등 생각은 마음과 다른 곳을 헤매지요. 함께 지내는 사람들과 사이가 좋아야 행복하듯이, 내 감정과 의지, 행동이 서로 잘 통해야 행복을 느낄 수 있습니다.

그런데 이 시의 여행자는 내적 분열이 꽤 심각합니다. 마치 두 배우가 번갈아 가며 주인공 역을 연기하듯이 시적 자아가 '그 → 나 → 그 → 나 → 그'로 거듭 변합니다. '나'를 이야기하면서도 '그'라고 지칭하죠. 그러한 내적 분열과 좌절감이 최고조에 달하는 순간, 그는 "도대체 또 어디로 간단 말인가!" 하고 고통에 차서 울부짖습니다. 삶에 대한 불만족에서 오는 고통과 절정에 달한 피로감이 읽는 이에게도 느껴집니다.

마음을 한곳에 모으지 못하고 끝없이 떠돌며 고통 받는 「여행자」의 화자는 사실 기형도 시인의 내적 자아이기도 합니다. 이 시는 고통의 극한을 다루고 있습니다. 앞으로 여러분이 크고 작은 어려움에 닥치는 순간에 이 시를 가만히 떠올려 보세요. 분명 이 시가 한 줄 공감이 되어 줄 거예요.

흰 바람벽이 있어

백석

오늘 저녁 이 좁다란 방의 흰 바람벽*에

어쩐지 쓸쓸한 것만이 오고 간다

이 흰 바람벽에

희미한 십오촉(十五燭) 전등이 지치운 불빛을 내어던지고

때글은* 다 낡은 무명샤쯔가 어두운 그림자를 쉬이고

그리고 또 달디단 따끈한 감주나 한잔 먹고 싶다고 생각하

는 내 가지가지 외로운 생각이 헤매인다

그런데 이것은 또 어인 일인가

이 흰 바람벽에

내 가난한 늙은 어머니가 있다

내 가난한 늙은 어머니가

이렇게 시퍼러둥둥하니 추운 날인데 차디찬 물에 손은 담그

고 무이며 배추를 씻고 있다

또 내 사랑하는 사람이 있다

＊ 바람벽 널빤지를 세우고 종이를 발라 만든 간이 벽. 칸막이용으로 세우거나 집 둘레에 친다.
＊ 때글은 때에 그은. 때가 묻어 검게 된 '글다'는 '그을다'의 준말.

내 사랑하는 어여쁜 사람이

어늬 먼 앞대* 조용한 개포*가의 나즈막한 집에서

그의 지아비와 마조 앉어 대구국을 끓여놓고 저녁을 먹는다

벌써 어린것도 생겨서 옆에 끼고 저녁을 먹는다

그런데 또 이즈막하야 어느 사이엔가

이 흰 바람벽엔

내 쓸쓸한 얼골을 쳐다보며

이러한 글자들이 지나간다

　　—나는 이 세상에서 가난하고 외롭고 높고 쓸쓸하니 살아가

　　　도록 태어났다

　　그리고 이 세상을 살아가는데

　　내 가슴은 너무도 많이 뜨거운 것으로 호젓한* 것으로 사

　랑으로 슬픔으로 가득 찬다

그리고 이번에는 나를 위로하는 듯이 나를 울력하는* 듯이

눈질*을 하며 주먹질을 하며 이런 글자들이 지나간다

　　—하눌이 이 세상을 내일 적에 그가 가장 귀해하고 사랑하는

　　　것들은 모두 가난하고 외롭고 높고 쓸쓸하니 그리고 언제

---

* 앞대 평안도에서 보아 남쪽 지방을 가리키는 말.
* 개포 '개'의 평북 방언. 강이나 내에 바닷물이 드나드는 곳.
* 호젓한 홀로 떨어져 있어 쓸쓸하고 외로운. 인적 없어 쓸쓸하고 고요한.
* 울력하는 여러 사람이 힘을 합하여 일하는. 이 시에서는 '힘으로 몰아붙이는 듯이'로 풀이된다.
* 눈질 눈으로 흘끔 보는 것.

나 넘치는 사랑과 슬픔 속에 살도록 만드신 것이다

    초생달과 바구지꽃*과 짝새*와 당나귀가 그러하듯이

    그리고 또 '프랑시쓰 쨈'과 도연명(陶淵明)과 '라이넬 마리아

릴케'가 그러하듯이

시적 화자는 "시퍼러둥둥하니 추운" 겨울날, 아마도 객지인 듯한 곳에서 좁은 방에 혼자 앉아 빈 벽을 바라보며 갖가지 생각에 잠겨 있습니다. 그의 심사는 쓸쓸하고, 마음은 심연 아래로 가라앉기만 하죠. 그래서 가난한 그의 방에 켜진 십오 촉 전등 불빛도 '지치'었고, 낡은 무명 셔츠에도 '어두운 그림자'가 드리웠습니다.

이제 그의 마음속에서는 그리운 것들만 떠오릅니다. 달고 따끈하던 고향의 감주, 그리고 어머니……. 추운 마당에서 찬물에 무와 배추를 씻어 김치를 담그던 어머니, 또 저녁거리를 장만하던 어머니의 모습, 그 맛, 푸근하게 마음을 채워 주던 충족감. 이제 그 어머니를 뵈올 길이 없고, 먼 타지로 나와 어머니를 돌봐 드리지 못하니 시인의 마음은 아프기만 합니다.

또 다른 그리운 얼굴은 사랑하던 여인입니다. 지금은 누군가의 지어미가 되어 있을, 어린것도 하나쯤 낳았을 그녀를 생각하니 외로움

---

* 바구지꽃 박꽃.
* 짝새 뱁새.

이 더더욱 사무치지요. 그렇게 화자가 쓸쓸함, 그리움, 외로움과 가난을 잇달아 곱씹는 사이, 자기 연민에 빠졌던 그에게 불현듯 내적인 도약이 다가옵니다.

"나는 이 세상에서 가난하고 외롭고 높고 쓸쓸하니 살아가도록 태어났다"

가난하고 외롭고 쓸쓸한 것이 수평선이라면, 높은 것은 수직선입니다. 슬픔에 빠져 누워 있던 화자가 곧게 몸을 일으켜 세우는 순간은 수평이 수직으로 전환되는 순간이지요.

"하눌이 이 세상을 내일 적에 그가 가장 귀해하고 사랑하는 것들은 모두 가난하고 외롭고 높고 쓸쓸하니 그리고 언제나 넘치는 사랑과 슬픔 속에 살도록 만드신 것이다"

그렇습니다. 삶에서 시련과 고통은 그냥 오는 것이 아닙니다. 그것은 없어야 할 어떤 것이나 운명의 저주가 아니에요. 오히려 하늘이 내린 축복이지요. 아니, 시련과 고통을 저주로 받아들인 이에게는 좌절만이 남지만, 그것을 어떤 '의미'로 바꿀 줄 아는 이에게는 축복으로 남습니다.

시적 자아는 지금, 이러한 진리에 눈을 돌립니다. 조개 속의 상처가 진주를 키우듯, 아파 본 사람만이 다른 이의 아픔을 이해하고, 삶과 세상을 더 깊이 껴안을 수 있다는 진리를 되새기며 자기 연민에 빠진 자신을 추스릅니다. 이 시는 그렇게 자기 연민에 빠져 있던 사람이 자기 치유로 나아가는 과정을 아름답게 보여 주고 있어요.

외로움과 쓸쓸함에 빠질 때, 가난이나 그 밖의 어떤 현실적인 제약 때문에 '나만 불운하다', '이 세상에 나 혼자다'라는 생각이 들 때 백석의 시를 읽어 보세요. 백석은 민족 전체가 커다란 불행의 구렁에 빠진 시기에, 몹시 가난하고 외로웠지만 가장 맑은 마음으로 거듭 자신을 일으켜 세운 시인입니다. 그의 시를 직접 옮겨 적어도 좋습니다. 가장 마음에 드는 구절만 정성스럽게 써서 책상 위에 붙여 놓아도 좋고요.

그렇게 백석의 시를 감상하면, 옹달진 마음에 따듯한 빛이 비추는 것을 느낄 거예요. 그것이 상처를 꽃으로 피워 낸 모든 시가 지닌 치유의 힘입니다.

더
읽어 볼
시집

『내가 사랑하는 사람』, 정호승, 열림원, 2003

정호승 시인은 1979년 첫 시집 『슬픔이 기쁨에게』부터 2012년에 낸 『소풍』까지 모두 11권의 시집을 냈다. 1950년 경상남도 하동에서 태어나 대구에서 자랐다는 시인은 작은 체구에 선량하고 단정한 눈빛을 지녔다. 시선집 『내가 사랑하는 사람』에는 9권의 시집에서 시인이 직접 고른 시 93편이 실려 있는데 40년 가까운 정호승의 시 세계를 한눈에 볼 수 있어서 좋다.

가난한 이웃들에 대한 깊은 연민과 슬픔을 담은 시 「슬픔이 기쁨에게」 는 발표 당시부터 지금까지 꾸준히 사랑받는 사회참여시이다. 그의 시에 는 눈물과 슬픔이 많이 나온다. 맑고 순결한 영혼을 가진 이에게 비친 이 세상의 어둠은, 살아가는 일을 슬프고 외롭고 힘겹게 만들었을 터다.

시를 읽다 보면 시인의 외로움과 슬픔은 생명과 사람, 삶에 대한 순도 높은 사랑에서 나온다는 생각이 든다. 그의 시가 노래로도 많이 만들어 진 것은 이런 깨끗한 사랑의 마음이 대중에게 공감을 주기 때문이다. 시와 더불어 「이별 노래」, 「우리가 어느 별에서」, 「부치지 않은 편지」, 「수선화에게—외로우니까 사람이다」를 들어 보면 좋겠다.

『입 속의 검은 잎』, 기형도, 문학과지성사, 1989

1960년 경기도 연평에서 태어나 1985년 연세대학교 정치외교학과를 졸업했다. 졸업을 앞둔 1984년 중앙일보사에 기자로 입사했다. 이듬해에 동아일보 신춘문예에 「안개」가 당선되면서 문예지에 꾸준히 시를 발표했다. 1989년 3월 새벽에 종로 2가 부근의 한 극장 안에서 돌연 주검으로 발견되었다. 사인은 뇌졸중이었다. 30세의 아까운 나이였다. 이 시집은 그가 죽은 해 5월에 선배 문인들이 「백야(白夜)」, 「정거장에서의 충고」, 「입속의 검은 잎」 등 61편을 모은 유고 시집이다.

기형도의 시는 침침하다. 그가 마지막 숨결을 놓은 심야의 극장만큼이나 어둡고 외롭다. 그러나 그의 시는 아름답다. 어둡고 외로운 것이 어떻게 아름다울 수 있을까? 시집을 펼치면, 가난했던 어린 시절과 자유로운 발언을 차단당했던 1980년대 중·후반, 기형도가 젊은 날에 느낀 모든 절망이 기이하게 숨을 쉬고 있다. 그것은 넘어지고 방황하고 좌절하는 모든 청춘의 표상이기도 하다.

✐ 『정본 백석 시집』, 백석, 문학동네, 2007

　백석의 본명은 백기행으로 1912년 평안북도 정주에서 태어났다. 오산 고등보통학교를 졸업했고 선배인 김소월 시인을 몹시 동경했다고 한다. 일본에서 영문학을 공부하고 돌아와 1935년 「조선일보」에 시 「정주성」을 발표하며 등단했고, 1936년 25세 때 첫 시집 『사슴』을 출간했다. 2년 남짓 함경남도 함흥의 고등학교에 영어 교사로 근무했으나 1939년, 시 100편을 가지고 오겠다며 만주로 떠났다. 방랑은 1945년 해방 때까지 계속되었고, 그의 대표작은 대부분 이 시기에 창작된 것이다. 해방 후 고향 정주로 돌아갔고, 6·25 전쟁 후 북한에서는 별다른 작품 활동이 없었던 것으로 알려져 있다. 『정본 백석 시집』에는 1935년부터 1948년까지 발표한 작품이 모두 실려 있다.

　백석의 시에는 가난했지만 가족 친지가 공동체를 이루며 어울려 살았던 고향의 풍속이 토속적으로 그려져 있다. 잃어버린 고향에 대한 그리움 위에는 만주를 떠돌며 만난 고향 뺏긴 우리 민족의 참담한 현실이 겹쳐져 있다. 백석의 시를 읽는 것은 어휘와 추억, 맛과 냄새, 낭만과 애잔함이 풍성히 차려진 성찬을 맛보는 일이다.

자화상

거울에 나를 비추다

거울에 비친 자신을 보며

화가들은 종종 자화상을 그립니다. 자화상에는 화가가 자신을 어떻게 바라보는지가 잘 드러나지요. 화가의 슬픔과 좌절, 갈등과 고민을 진실하게 읽을 수 있습니다. 구글 아트 프로젝트를 이용하여 빈센트 반 고흐(Vincent van Goah, 1853~1890)나 렘브란트 판 레인(Rembrandt Harmensz van Rijn, 1606~1669), 프리다 칼로(Frida Kahlo de Rivera, 1907~1954)의 자화상을 찾아서 감상해 보세요. 작품들을 가만히 들여다보면, 나도 모르게 그림 앞에서 내 이야기를 하고 있을지도 모릅니다. 좋은 그림은 자신의 내면세계로 우리를 조용히 이끄는 힘이 있거든요.

화가들만 자화상을 남기는 것은 아닙니다. 시인들도 '자신에 관한 생각'을 때때로 시로 표현합니다. 자신을 어떻게 인식하는지, 자기 내면에 가장 부족한 점은 무엇이라고 생각하는지 말이에요. 지금부터 세 명의 시인이 쓴 각기 다른 '자화상'을 살펴볼까요?

자화상

노천명

5척 1촌 5푼 키에 2촌이 부족한 불만이 있다. 부얼부얼한* 맛은 전혀 잊어버린 얼굴이다. 몹시 차 보여서 좀처럼 가까이하기 어려워한다.

그린 듯 숱한 눈썹도 큼직한 눈에는 어울리는 듯도 싶다마는……

전 시대 같으면 환영을 받았을 삼단 같은 머리는 클럼지한* 손에 예술품답지 않게 얹혀져 가냘픈 몸에 무게를 준다. 조고마한 거리낌에도 밤잠을 못 자고 괴로워하는 성격은 살이 머물지 못하게 학대를 했을 게다.

꼭 다문 입은 괴로움을 내뿜기보다 흔히는 혼자 삼켜버리는

---

* 부얼부얼한 살이 통통하게 찌고 탐스럽게 생긴.
* 클럼지한 clumsy한. 서투르고 볼품없는.

서글픈 버릇이 있다. 삼 온스*의 살만 더 있어도 무척 생색나게 내 얼굴에 쓸 데가 있는 것을 잘 알건만 무디지 못한 성격과는 타협하기가 어렵다.

처신을 하는 데는 산도야지처럼 대담하지 못하고 조고만 유언비어에도 비겁하게 삼간다 대(竹)처럼 꺾어는 질지언정

구리(銅)처럼 휘어지며 꾸부러지기가 어려운 성격은 가끔 자신을 괴롭힌다.

이 시는 노천명 시인이 1938년에 펴낸 첫 시집 『창변(窓邊)』에 실려 있습니다. 거울에 비친 자신을 보며 쓴 듯 외모에 대한 묘사가 자세합니다. 이 시를 따라 노천명 시인의 외모를 그려 보면 이렇습니다.

그는 키가 155센티미터 정도이고, 얼굴에 살이 없으며, 눈이 큰데다 눈썹이 진한 편입니다. 마른 몸에 비해 머리칼은 숱이 많고 길어요. 이런 자신의 모습을 조금 아쉬워하며, 키가 6센티미터 정도만 더 컸으면, 얼굴에 90그램 정도만 살이 더 붙었으면 하는 바람을 시에 표현했습니다. 한편 큰 눈과 짙은 눈썹, 숱 많고 긴 머리를 은근히 자랑하는 듯도 합니다.

사실 이 시는 '자화상' 시의 대표작으로 꼽을 만한 작품은 아닙니

---

* 온스 무게의 단위. 약 28.35그램.

다. 자기 인식의 새로움이나 탁월함이 두드러지는 것도 아니고요. 오히려 가까운 친구에게 자신의 외모나 성격에 대한 불만을 털어놓듯 지극히 소소하며 사적입니다. 하지만 이 시에는 '나도 이런 생각을 한 적 있는데……' 하고 공감이 가는 구석이 있습니다.

이 시에는 거울 앞에서 얼굴을 이리저리 뜯어보며 자신을 소재로 삼아 상상에 빠진 처녀가 있습니다. 키가 작고 얼굴이 말랐다며 스스로를 깎아내리는 듯하지만, 그로 인해 자신과 불화를 겪는 것 같지는 않습니다. 오히려 '자기애'가 느껴지지요. 시에서 자신의 성격을 묘사한 부분을 다시 읽어 보세요.

화자는 스스로를 예민하고, 소심하며, 내향적인 사람으로 인식합니다. 사람들이 자신을 가까이하기 어려워한다고 여기고, 조금만 마음에 걸리는 일이 있어도 밤잠을 못 자고 괴로워한다네요. 그러한 괴로움을 털어놓지 못하고 혼자 삼키며, 무디지도 대담하게 처신하지도 못한다고 토로합니다. 뜬소문이 돌면 비겁하게 행동을 삼가며, 구부러지기 어려운 성격을 지니고 있다면서요. 그런데 화자는 이렇게 예민하고 다치기 쉬운 본인의 성품을 은근히 애지중지하며 특별히 여기는 것 같습니다.

여러분은 자신의 자화상을 어떻게 그릴 건가요? 지금 전신 거울 앞에 서서 제 몸을 비추어 보세요. 어디가 마음에 들고 어디가 부족하게 느껴지나요?

크고 시원한 쌍꺼풀, 갸름한 턱선, 오똑한 콧날, 도톰한 입술, 늘씬

하게 뻗은 다리……와는 달리, 어디 한 군데도 마음에 쏙 드는 데가 없다며 못마땅해하지는 않나요? 몸매는 S라인, 얼굴은 V라인, 허벅지는 꿀벅지, 복근은 초콜릿 복근…… 반복적으로 대중 언론 기관에서 제시하는 기준에 나를 맞추고 있지는 않나요?

60조가 넘는 세포가 어그러짐 없이 조화롭게 기능하여 내가 살아 움직인다는 사실! 그 자체로 신비하고 경이로운 일입니다. 하지만 소비를 부추기기 위해 자본주의 사회가 만든 획일적인 미의 잣대에 자신을 비교하며 우리는 끊임없이 열등감을 느낍니다.

자화상에 관련된 시를 읽다 보면, 거울 이미지를 자주 발견하게 됩니다. 우리가 자신을 인식하기 위해서는 먼저 자신을 '바라볼' 필요가 있겠지요. 이처럼 거울에 비친 제 몸을 보는 것은 자신을 인식하는 상징적인 행동입니다. 자신을 바깥의 대상처럼 객관화하여 인식할 수 있다는 것, 그것은 인간다운 사고의 출발이지요.

몸은 마음을 담는 그릇이자, 외부 세계와 내 마음이 맞닿는 접경입니다. 외모에 관심을 갖고 얼굴을 치장하는 것은 이성에 눈을 뜨면서 매력적인 존재로 보이고 싶은 욕망이 싹트기 때문인데요. 또, 자의식이 폭발적으로 늘어난다는 증거이기도 합니다. 태어난 뒤 처음 부모로부터 독립해, 세상에 홀로 우뚝 서고 싶은 욕망, '나'에 대한 관심이 최고조에 달하는 때, 사춘기는 나에 대한 성찰을 시작하는 시기지요.

자화상

윤동주

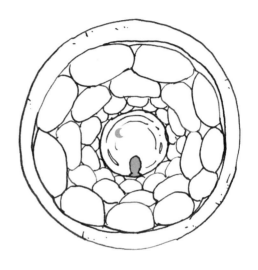

　산모퉁이를 돌아 논가 외딴 우물을 홀로 찾아가선 가만히 들여다봅니다.

　우물 속에는 달이 밝고 구름이 흐르고 하늘이 펼치고 파아란 바람이 불고 가을이 있습니다.

　그리고 한 사나이가 있습니다.
　어쩐지 그 사나이가 미워져 돌아갑니다.

돌아가다 생각하니 그 사나이가 가엾어집니다. 도로 가 들여
다보니 사나이는 그대로 있습니다.

다시 그 사나이가 미워져 돌아갑니다.
돌아가다 생각하니 그 사나이가 그리워집니다.

우물 속에는 달이 밝고 구름이 흐르고 하늘이 펼치고 파아
란 바람이 불고 가을이 있고 추억처럼 사나이가 있습니다.

화자는 가을밤에 홀로 우물을 찾아갑니다. 그가 찾아간 우물은 물
긷는 아낙들이 모이는 소란스런 곳이 아닙니다. 산모퉁이를 돌고 논
가장자리를 지나야 있는 '외딴 우물'입니다. 우물 속에는 무엇이 있
나요?

우물 속에는 달이 밝게 비치고, 구름이 흐르고, 하늘도 펼쳐지고,
파아란 바람도 붑니다. "그리고 한 사나이가 있습니다." 달과 구름, 하
늘과 바람이 들어와 흐르는 우물은 우주적인 공간, 신화적인 공간입
니다. 우물 속은 한 인간의 가장 깊숙한 내면이면서 동시에 우주를
향해 열린 반성적인 사유의 공간입니다.

이 시는 거울처럼 자신을 비추는 사물과 마주한다는 점에서 노천
명 시인의 「자화상」과 모티프가 같습니다. 그러나 윤동주 시인의 '우

물'은 거울과 달리, 그 안에 우주적 사물이 들어와 우주를 품고 열린 공간이 된다는 점에서 차이가 있지요. 노천명 시인의 거울이 방 안에 있다면 윤동주 시인의 우물은 '바깥—자연—우주'에 있고, 시인은 그 앞에서 자신을 돌이켜 봅니다.

자신의 마음 가장 깊숙한 곳인 우물에 달과 구름, 하늘과 바람이 비친다는 것은 시적 화자가 평소에 이러한 자연물을 동경해 왔다는 사실을 의미합니다. 그 맑고 아름다운 것들 앞에서 자신의 모습은 부족하기 짝이 없습니다. 그래서 "어쩐지 그 사나이가 미워"진다고 고백합니다. 자신이 품고 있는 높고 귀한 가치와 현재 삶 사이에 간극을 느끼는 것입니다.

이 시는 윤동주가 연희전문학교 2학년에 재학 중이던 1930년 가을에 쓴 것입니다. 시인이 어린 시절을 보냈던 북간도는 철통 감옥과도 같았던 조선보다 일제의 압제로부터 조금은 자유로웠고, 독립운동가들의 높은 기상과 기독교적인 공동체주의가 살아 있던 곳이었습니다. 가난했지만 아름답고 평화로웠던 어린 시절로부터 멀리 떠나와, 윤동주가 서울에서 대학을 다니며 맞닥뜨린 조국의 현실은 너무도 비참했습니다. 조선인들의 생명과 자유가 기름 짜이듯 수탈당하는 현실을 목도하면서 시인은 충격에 빠졌습니다. '문학을 공부한다는 것, 시를 쓴다는 것이 어떤 의미가 있을까.'

사랑하는 부모님과 가난한 이웃들의 얼굴을 떠올리며 그는 부끄러움을 느꼈습니다. 그들의 도움으로 공부하고 있는 자신이 이토록 고통스러운 세상을 위해 무엇을 할 수 있을지, 세상을 더 나은 곳으로 만드는 일을 할 수 있을지 시인은 끝없이 자문했지요. 1948년 발표된 시인의 유고 시집*『하늘과 바람과 별과 시』에 실린 31편의 시 가운데 대부분이 이 시기에 쓰였습니다.

윤동주는 일제의 가혹한 수탈 아래에서 아무것도 하지 못하는 자신이 못내 부끄럽고 싫었습니다. 그래서 시인은 그런 자신을 부정하기에 이릅니다. 우물에서 등을 돌려 돌아가지요. 하지만 돌아가다 생각하니 그런 자신이 가여워집니다. 높은 도덕적 이상과 책임감, 그에 미치지 못하는 자신에 대한 부끄러움, 자학, 자기 부정, 그리고 슬픈 자기 연민까지. 굳이 당시의 시대 상황을 고려하지 않아도, 자기와 갈등에 빠진 사람이 느낄 법한 모든 감정을, 윤동주는 아름다운 우리말로 맑고 섬세하게 표현했습니다.

특히 우물 속에 '파아란 바람이 분다'는 표현은 동시처럼 간명하지만 신비로울 정도로 아름답습니다. '파아란 바람'은 어떤 바람일까요? 바람에 색이 있을 리 없지만, 이 구절을 읽는 순간 푸르디푸른 가을 하늘을 닮은 순결한 영혼이 떠오릅니다. 그리고 그 맑은 기운이 우리의 마음속에도 흐르지요.

자신의 마음에 '파아란 바람'을 간직한 사람이라면, 뭇 생명과 세계가 고통을 받을 때 파아란 하늘이 너와 나를 가르지 않듯이, 자신

---

* 유고 시집 죽은 사람이 생전에 써서 남긴 원고를 모아 펴낸 시집.

도 함께 고통을 느낄 수밖에 없을 거예요. 이 '파아란 바람'의 의미를 충분히 곱씹을 수 있을 때에 비로소, 다음 연에 이어지는 시적 화자의 괴로움을 공감할 수 있습니다.

부끄럽고 미운 자신이 가엾어진 화자는 4연에서 우물로 되돌아섭니다. 도로 가서 들여다보면 사나이는 그대로 있지요. 우물에 비쳤던 자신의 모습과 부끄러움은 여전히 변함이 없고, 화자는 또다시 자신이 미워져 돌아섭니다. 하지만 돌아가다 생각하니 이제는 두고 온 자신이 그리워집니다.

「자화상」에서 화자가 우물에 자신을 비춰 보고, 돌아서고, 도로 가 비춰 보고, 다시 돌아서는 행동을 이해하기 위해서는 우물에 비친 나를 '부끄러운 나' 또는 '현실의 나'로 명명하는 것이 좋습니다. 나는 '부끄러운 나', '현실의 나'를 우물 속에 두고 떠나지요. 나에 대한 감정도 바뀝니다. 처음에는 미워하고, 이내 가여워했다가 다시 미워하고 마지막에는 그리워합니다. 이 시에서 '현실의 나'를 부끄러워하는 '또 다른 나'는 서로 합일하지 못합니다. 하지만 시인은 자기 성찰의 방법으로 극단적인 자기 부정과 미움을 택하지는 않습니다. 그저 '현실의 나'를 가여워하고 그리워하며, 자신이 동경하는 우주적인 사물들 속에 '현실의 부끄러운 나'를 다시금 놓아 봅니다.

우물 속에는 여전히 맑고 높은 달과 구름, 하늘과 파아란 바람이 펼쳐져 있습니다. 그 아름다운 것들 속에 '부끄러운 나'가 추억처럼 담겨 있고요. 우물 속, 자신의 마음 가장 깊은 곳에 자신이 동경하는 우주가 흐르는 한, 그리고 그 우주에 비친 자신의 부끄러운 모습을 끝없이 돌아보는 자신이 있는 한, 시인은 이상에 대한 추구를 멈추지 않을 것 같습니다.

여러분은 시인과 같은 자신만의 기준이 있나요? 가족이 기대하는 나, 친구가 원하는 나를 뛰어넘어 자신을 끊임없이 비추어 보고, 더 높은 곳으로 '나'를 끌어올릴 자신만의 이상적인 인간상이 있나요?

자기 외모에 대한 인식에서 출발하여, 세상을 향해 자신을 열어 놓고 올바른 세상살이를 고민하는 것. 이웃과 세상에 도움을 주는 존재가 되겠다는 높은 이상을 품는 것, 이제 막 자화상을 그리기 시작한 여러분의 붓이 나아가야 할 방향입니다.

형형한 눈빛으로 세상을 쏘아보는 이의 자화상

자화상 2

오세영

전신이 검은 까마귀,
까마귀는 까치와 다르다.
마른 가지 끝에 높이 앉아
먼 설원을 굽어보는 저

형형한 눈,

고독한 이마 그리고 날카로운 부리.

얼어붙은 지상에는

그 어디에도 낱알 한 톨 보이지 않지만

그대 차라리 눈발을 뒤지다 굶어 죽을지언정

결코 까치처럼

인가(人家)의 안마당을 넘보진 않는다.

검을 테면

철저하게 검어라. 단 한 개의 깃털도

남기지 말고……

겨울 되자 온 세상 수북이 눈은 내려

저마다 하얗게 하얗게 분장하지만

나는

빈가지 끝에 홀로 앉아

말없이

먼 지평선을 응시하는 한 마리

검은 까마귀가 되리라.

까마귀를 본 적이 있나요? 까마귀는 검고 매끄러운 털로 뒤덮여 있으며 몸집이 큽니다. 까치보다 크고 참새에 견주면 일곱 배 정도 크죠. 까치는 도시에서 비교적 쉽게 볼 수 있지만, 까마귀는 산이 있는 곳에 가야 볼 수 있습니다. 까마귀는 우는 소리가 그다지 아름답지 않아요. 나뭇가지에 앉아서 까악까악 목에 무엇이 걸린 것처럼 울거나 길게 소리를 빼며 날아갈 때면 무언가 경고하는 듯 들립니다.

태양 속에 산다는 삼족오*가 까마귀라는 설정에서 보듯, 까마귀는 옛 문헌에서 앞일을 예언하는 신령스러운 새로 등장합니다. 그러나 우리에게는 "까마귀가 울면 재수가 없다."라는 민간의 속설처럼 죽음을 암시하는 흉조라는 이미지가 더 익숙하지요. 시인은 이러한 기존의 이미지를 깨고 검은 까마귀를 보면서 다른 것을 연상합니다.

사방이 얼어붙은 한겨울, 전신이 검은 까마귀가 "마른 가지 끝에 높이 앉아" 있습니다. 화자는 그 까마귀의 눈빛에서 형형함을, 이마에서는 고독을, 부리에서는 날카로움을 읽습니다. 꽁꽁 얼어붙은 겨울 땅, 쪼아 먹을 낟알 한 톨 보이지 않아도 까마귀는 인가의 안마당을 넘보느니 차라리 눈밭을 뒤지다 굶어 죽을 것이라 말합니다.

온 세상이 흰 눈으로 치장을 해도 까마귀는 변함없이 검습니다. 까마귀의 검은 몸은 "검을 테면 / 철저하게 검어라. 단 한 개의 깃털도 / 남기지 말"라고 명령하는 것처럼 들립니다. 그 명령은 까마귀가

---

* 삼족오 동양 신화에 나오는, 태양 속에서 산다는 세 발을 가진 까마귀.

시적 화자인 '나'에게 내리는 명령이자, 시를 읽는 독자에게 촉구하는 삶의 태도입니다.

오세영 시인의 「자화상 2」는 까마귀의 검은색과 눈의 흰색이 대조되어 그려집니다. 흰 눈이 가득 덮인 벌판에 마른 겨울나무 한 그루, 그 위에 앉은 검은 까마귀를 머릿속에 그려 보면 시의 이미지가 더욱 선명하게 다가올 것입니다.

일상적으로 검은색은 거짓이나 추함을 상징하고, 흰색은 진실과 아름다움을 떠올리게 합니다. 하지만 이 시는 두 색을 정반대의 의미로 사용하고 있어요. 전신이 철저하게 검은 까마귀는 "마른 가지 끝에 높이 앉아 / 먼 설원을 굽어보"고 먼 지평선을 응시합니다. 이와 반대로 수북이 내린 눈으로 하얗게 치장한 세상에서 까치는 인가의 안마당을 넘보지요. 이것이 무엇을 의미할까요?

지금 지상은 온통 얼어붙어 있어서 그 어디에도 먹을 만한 낱알 한 톨 보이지 않는 엄혹한 시절입니다. 세상은 하얗게 자기를 분장하며 이해관계에 따라 모이고 서로 섞입니다. 까치는 살아남기 위해 안락한 인가로 숨어들어 먹이를 구하고요. 그러나 까마귀는 다릅니다. 세상의 흐름과 정반대인 자신의 검은 빛을 고집합니다. 시류에 타협하며 구차하게 사느니 차라리 굶어 죽겠다는 각오로 말이지요. 그러고는 고독해도 날카롭게 빛나는 눈빛으로 먼 설원, 그 먼 지평선을 바라봅니다. 나아가 화자도 그런 검은 까마귀가 되리라 다짐합니다.

시인은 '자화상'이라는 그림에 검은 까마귀 한 마리를 언어로 그려 놓았습니다. 까마귀가 번쩍번쩍 빛나는 눈으로 우리를 쏘아보네요. 날카로운 부리는 범접하지 못할 강렬한 카리스마를 내뿜습니다. 이 그림은 우리에게 묻습니다. 네가 바라보는 너 자신은 어떤 모습이냐 고, 네가 좋아하는 네 모습, 앞으로 되고픈 모습은 어떤 모습이냐고 묻습니다. 너의 자화상은 어떤 이미지로 완성될 것인가를 묻습니다.

문예지『시인세계』2009년 여름 호는 '자화상'이라는 제목을 가진 우리 근현대시를 모아 실었습니다. 이상, 김광섭, 서정주, 윤동주, 노 천명, 김동리, 김현승, 박두진, 김춘수, 박용래, 한하운, 고은, 문정희, 마종기, 최승자, 유하, 장석남, 신현림 등의 시인이 쓴 '자화상' 시를 한꺼번에 감상할 수 있는데요. 이 시들을 찾아 읽고 시인의 마음속 거울에 비친 시인과 만나는 특별한 경험을 해보면 어떨까요?

더
읽어 볼
시집

『정본 윤동주 전집』, 윤동주, 문학과지성사, 2004

  윤동주는 일제의 삼엄한 경찰 통치를 피해 독립운동의 거점 역할을 했던 만주의 북간도 명동촌에서 1917년에 태어났고, 그곳에서 자랐다. 22세이던 1938년 봄, 연세대학교의 전신인 연희전문에 입학하여 1941년 문과를 마쳤다. 1942년 봄 일본으로 건너가 영문학을 공부하던 중에 독립운동 혐의로 일경에 체포되었고, 그 이듬해인 1945년 2월, 해방을 불과 몇 달 앞두고 후쿠오카 형무소에서 목숨을 잃었다. 모진 형벌 때문이었다.

  어려서부터 글과 그림에 재주가 뛰어난 윤동주는 명동 시절에 이미 동시를 발표했으며, 연희전문 시절에도 교내 잡지에 「자화상」, 「새로운 길」 같은 시를 발표했다. 졸업 기념으로 19편의 자작시를 담은 시집『하늘과 바람과 별과 시』를 펴내려고 했으나, 우리말과 사상에 대한 탄압이

혹독하던 때라 포기했다. 시집은 그가 죽고도 3년 후인 1948년에야 일본 유학 시절에 쓴 시 12편을 더 모아 출간되었다.

『정본 윤동주 전집』은 그 뒤 찾아낸 시와 산문까지 모두 합하여 윤동주가 생전에 남긴 모든 글들을 수록한 책이다.

윤동주의 시에는 맑고 서정적인 감수성과 함께 높은 윤리 의식, 인간과 세계에 대한 사색이 담겨 있다. 또한 식민지 시대를 사는 지식인으로서의 고뇌와 정직한 자기 성찰이 시에 오롯이 담겨 있다.

📝 『오세영』, 오세영, 문학사상, 2006

오세영 시인은 1942년 전라남도 영광에서 무녀독남으로 태어났다. 대학에 입학할 때까지 홀어머니와 함께 외가에서 자라야 했는데 시인이 태어나기도 전에 아버지가 돌아가신 터였다. 외가인 장성에서 비교적 유복하게 유년 시절을 보냈으나 6·25 전쟁으로 외가가 몰락하면서 광주와 전주에서 보낸 청소년 시절은 경제적으로 매우 어려웠다고 한다. 중·고교 시절 독서광으로 문예 동아리 활동을 하면서 어렵게 문학의 꿈을 키웠고, 서울대학교 국문과에 입학한 뒤에도 늘 식비와 잠자리를 걱정해야 하는 어려운 시절을 보냈다. 1970년 첫 시집『반란하는 빛』을 펴낸 뒤 지금까지 21권의 시집을 냈다.

이 시집에는 2006년까지 낸 15권의 시집에서 가려 뽑은 시가 164편 실려 있다. 오세영 시인의 40년 시력을 한눈에 볼 수 있어서 좋다. 오세영의 시에는 일상 속 흔하고 작은 사물에 대한 골똘한 탐구가 담겨 있다. 그릇, 비단 한 필, 열매, 낙엽, 봄비 등 일상의 사물이나 자연물을 두고 펼친 사색을 담은 것이 그의 시다. 마치 화가가 특정한 의미를 담아 몇 가지 정물을 골라 앞에 두고, 그것을 묘사해 정물화를 그리는 것과 같은 태도다. 따라서 우리는 오세영의 시를 읽으며 철학자의 뒤를 따르듯, 의미 탐구의 길을 걸어야 한다. 거기에는 삶의 조건과 인간 존재에 대한 탐구가 담겨 있다.

마음의 뒤안길에 홀로 들다

사색하는 시간, 외로움이 스승이다

여러분은 어떨 때 외로움을 느끼나요? 외로울 땐 어떻게 마음을 달래나요?

저는 고등학교 2학년 때 외롭다는 생각에, 하루하루를 힘겹게 지내던 시절이 있었어요. 햇볕이 한결 헐거워진 가을, 친구들이 먼저 돌아간 운동장에 혼자 있을 때면 외로움에 숨이 턱 막혀 오곤 했습니다. 소슬한 바람 속에 노랗고 붉은 생각에 잠긴 나무들은 저리 아름다운데, 나만 그저 덩그마니 혼자인 것 같았던 시절이었지요.

그때는 외로움을 피해 도망갈 친구가 없다는 것이 가장 힘들었는데, 돌이켜보면, 그때 가장 많이 성장했습니다. 그때만큼 고민을 많이 했던 적도 없으니까요. 사람들은 외로움이 느껴지면 불안해하고 심심해하면서 어떻게든 그 순간을 벗어나고 싶어 하지요. 그런데 때로는 외로움이 큰 스승이 되어 준다는 것을 알고 있나요?

외로울 때, 그 시간을 삶을 돌아보는 사색으로 채워 보면 어떨까요? 차라리 내게 외로움이 충분히 다가올 수 있도록, 휴대전화나 인터넷을 멀리하고 내면의 목소리에 귀를 기울이는 것이지요. 바깥을 향하여 달아나는 정신을 안으로 모으는 것입니다.

마음의 수수밭

천양희

마음이 또 수수밭을 지난다. 머위잎 몇장 더 얹어 뒤란*으로 간다. 저녁만큼 저문 것이 여기 또 있다.
개밥바라기별*이
내 눈보다 먼저 땅을 들여다본다
세상을 내려놓고는 길 한쪽도 볼 수 없다
논둑길 너머 길 끝에는 보리밭이 있고
보릿고개를 넘은 세월이 있다

＊ 뒤란 집 뒤의 울타리를 둘러친 안. '뒤뜰'의 방언.
＊ 개밥바라기별 금성.

바람은 자꾸 등짝을 때리고, 절골의

그림자는 암처럼 깊다. 나는

몇번 머리를 흔들고 산 속의 산,

산 위의 산을 본다. 산은 올려다보아야

한다는 걸 이제야 알았다. 저기 저

하늘의 자리는 싱싱하게 푸르다.

푸른 것들이 어깨를 툭 친다. 올라가라고

그래야 한다고. 나를 부추기는 솔바람 속에서

내 막막함도 올라간다. 번쩍 제정신이 든다

정신이 들 때마다 우짖는 내 속의 목탁새들

나를 깨운다. 이 세상에 없는 길을

만들 수가 없다. 산 옆구리를 끼고

절벽을 오르니, 천불산(千佛山)이

몸속에 들어와 앉는다.

내 맘 속 수수밭이 환해진다.

개밥바라기별이 돋는 저녁나절, 마음이 또 수수밭을 지납니다.

바람이 수수 잎을 스치면 서걱서걱 소리가 나지요. 바람에 일렁이는 수숫대의 소리를 듣고 있자니 가슴속까지 바람이 밀려오는 듯, 때로는 시원하게 때로는 쓸쓸하게 파도가 일렁입니다. 껑충 키가 큰 수숫대 끝에 누렇고 붉은 이삭들이 매달려 머리를 흔들며 수런거립니다. 화자의 마음은 지금 그런 수수밭을 지나고 있습니다.

살면서 좌절하거나 시련이 닥칠 때, 여러분 마음도 우수수 소리를 내며 수수밭을 지나고 있을 거예요. 화자는 지금 그런 마음으로 "머위잎 몇장 더 얹어 뒤란으로" 들어섭니다. 척박한 땅에서도 잘 자라는 머위는 봄철 밭둑에 무리지어 올라와 소박한 사람들의 입맛을 돋워 주는 채소입니다. 그 순한 채소를 외로운 마음에 품고 뒤란으로 들어서지요. 그리고 그곳에서 저녁처럼 저무는 마음을 마주합니다.

저녁샛별이 깜빡 불을 켭니다. 별은 땅 위의 사람들을 부드러운 눈으로 들여다보고, 세상으로부터 등을 돌리려 했던 화자는 그 별빛을 보며 "세상을 내려놓고는 길 한쪽도 볼 수 없다"는 진리를 깨닫습니다. 세상을 원망하며 사람을 마음에서 버릴 때, 우리는 단 한 걸음도 앞으로 내딛기 어려워집니다. 세상의 어둠, 사랑하는 사람의 잘못마저도 끌어안을 때 길이 비로소 열리지요.

어스름 별빛에 기대었던 화자는 이제 천불산을 향해 오릅니다. 논둑길 너머 보리밭이 보이는, 산그늘 어둡게 내린 '절골'에서 화자의 마음은 처음엔 수숫대처럼 스산했어요. 하지만 이제 서글서글한 별빛에 힘입어 먼 산을 올려다 볼 수 있게 된 것입니다.

보릿고개처럼 가파르게 살아왔던 세월. 등짝을 때리는 바람에 떠밀리는 것처럼 외로웠던 마음을 머리를 몇 번 흔들어 털어 내고, 저기 저 싱싱하게 푸른 하늘과 그 아래 겹겹이 자리한 산을 올려다봄니다. 세상 속에 덩그러니 남겨진 듯 막막했던 화자의 어깨를, 푸른 하늘과 산이 툭 칩니다. "올라가라고 / 그래야 한다고." 말입니다.

푸른 하늘과 산이 내미는 대범한 격려에 화자는 정신이 번쩍 듭니다. 혼자라는 마음, 외롭다는 생각, 암담하던 감정도 걷힙니다. 마치 마음속에 목탁새가 한 마리 깃든 것처럼, 보이지 않는 감옥에 갇혀 있던 마음이 깨어나죠. 그렇습니다. "이 세상에 없는 길을 / 만들 수"는 없습니다. 길은 그 어딘가에 이미 놓여 있는 것이며, 지혜와 사랑에 눈을 뜨면 비로소 보이는 것이지요. 우리는 외롭고 힘들 때 '왜 나만 이럴까' 하고 생각하지만, 실은 하늘 아래 새로운 고통은 없으며, 벗어나지 못할 절망이란 것도 없습니다.

산 옆구리를 끼고 절벽을 오르니, 화자의 몸속에 어느새 천 개의 불상이 들어와 앉아 있습니다. 마음속 수수밭이 환해집니다.

산새를 보며 고독을 달래는 때

이른봄 아침

정지용

귀에 설은 새소리가 새여 들어와
찹한 은시계로 자근자근 얻어맞은듯,

마음이 이일 저일 보살필 일로 갈러저,

수은방울처럼 동글 동글 나동그라저,

춥기는 하고 진정 일어나기 싫어라.

쥐나 한마리 훔켜 잡을 듯이

미다지*를 살포—시 열고 보노니

사루마다* 바람 으론 오호! 치워라.

마른 새삼*넝쿨 새이 새이로

빠알간 산새새끼가 물레ㅅ북* 드나들듯.

새새끼 와도 언어수작을 능히 할가 싶어라.

날카롭고도 보드라운 마음씨가 파다거리여.

새새끼와 내가 하는 에스페란토*는 휘파람이라.

새새끼야, 한종일 날어가지 말고 울어나 다오,

오늘 아침에는 나이 어린 코끼리처럼 외로워라.

＊ 미다지 미닫이.

＊ 사루마다 '속옷'의 일본어.

＊ 새삼 산과 들에 나는 메꽃과의 한해살이 식물.

＊ 물레북 베틀에서 날실의 틈으로 왔다 갔다 하면서 씨실을 푸는 기구.

＊ 에스페란토 폴란드의 안과 의사 자멘호프(L. L. Zamenhof, 1859~1917)가 1887년에 만든 국제 공용어.

산봉오리── 저쪽으로 몰린 푸로우삐일[*] ──

페랑이꽃 빛으로 볼그레 하다,

씩 씩 뽑아 올라간, 밋밋 하게

깎어 세운 대리석 기둥 인듯,

간ㅅ뎅이 같은 해가 익을거리는

아침 하늘을 일심으로 떠바치고 섰다,

봄ㅅ바람이 허리띄처럼 휘이 감돌아서서

사알랑 사알랑 날러 오노니,

새새끼도 포르르 포르르 불려 왔구나.

✽ 푸로우삐일 옆모습 정도로 해석됨.

이른 봄 아침, 귀에 선 새소리에 '나'는 잠이 깹니다. 하지만 마무리하지 못한 과제, 못 다 읽은 책, 강의 시작 전에 챙겨 보아야 할 조교 업무, 부족한 학비를 메우느라 매일 가야 하는 아르바이트, 이것저것 보살필 일들이 떠오른 시인은 그만 이불 속에서 나가기 싫어집니다. 정지용 시인은 1923년부터 6년 동안 모교인 휘문고등학교에서 교비 장학생으로 일본 유학을 다녀왔어요. 이 시는 가난한 유학생이던 정지용 시인이 1927년 2월 모국의 잡지에 발표한 시입니다.

몰래 쥐라도 잡으려는 사람처럼 살포시 미닫이를 열고 바깥을 내다보니, '오호!' 바람이 제법 차네요. 이때 겨우내 마른 새삼 넝쿨 사이로 빨간 산새 새끼 한 마리가 포롱포롱 드나드는 모습이 보입니다. 이른 봄을 맞는 새의 마음과 '나'의 마음이 날카롭고도 보드랍게 파닥거리니, 이 순간 새와 '나'는 너와 나의 구분이 없는 하나입니다. '나'는 새에게 "한종일 날어가지 말고 울어나" 달라고 이야기합니다. 새가 알아들을 수 있도록 휘파람을 불면서 말이에요. 스물여섯의 적지 않은 나이, 결혼하여 모국에 아내까지 두고 있는 '나'이지만 오늘 만큼은 '나이 어린 코끼리'처럼 한없이 외롭습니다.

이때 차고 푸른빛이 도는 어스름을 뚫고 아침 해가 떠오릅니다. 붉은 빛살이 사위에 퍼지자 저쪽 산봉우리도 패랭이꽃 빛으로 불그레해지네요. 아직 춥지만, 봄소식을 물고 날아온 산새 새끼를 보며 '나'는 그렇게 이국에서 느끼는 고독을 달래어 봅니다.

낙화

조지훈

꽃이 지기로소니
바람을 탓하랴.

주렴* 밖에 성긴* 별이
하나 둘 스러지고

귀촉도 울음 뒤에
머언 산이 다가서다.

촛불을 꺼야 하리
꽃이 지는데

꽃 지는 그림자
뜰에 어리어

---

* 주렴 구슬 등을 꿰어 만든 발.
* 성긴 사이가 뜬.

하이얀 미닫이가
우련* 붉어라.

묻혀서 사는 이의
고운 마음을

아는 이 있을까
저허하노니*

꽃이 지는 아침은
울고 싶어라.

두견새 울음소리를 들어 본 적 있나요? 늦봄부터 여름내 밤이 되면 누군가를 애처롭게 부르는 듯 구슬피 우는 두견새 소리를 들을 수 있습니다. 그 애잔한 소리 때문에 두견새는 접동새와 귀촉도, 자규 등의 별칭으로 불리며 여러 문학 작품에 등장합니다.

고요한 초여름 새벽, 청아한 기운이 뜰과 방 안에 가득합니다. 맑은 구슬을 엮어 문에 드리운 주렴에도 푸른 새벽 공기가 와 닿고, 안

---

* 우련 빛깔이 희미하게 엷게.
* 저허하노니 염려하거나 두려워하니.

에서는 촛불 그림자가 희미하게 일렁입니다.

화자는 촛불을 켜고 일어나 앉은 지 오래입니다. 어쩌면 꼬박 밤을 새웠을지도 모르겠네요. 여름밤이 다가오고, 깊어 가고, 물러나는 소리를 낱낱이 들으면서 말이에요. 주렴 밖으로 성글게 보이던 별들마저 어느덧 하나둘 스러지고, 귀촉도 울음에 귀 기울이느라 먼 산도 이만큼 다가선 것 같습니다.

만물이 적정* 속에 깨끗이 씻기고, 산과 바람, 별과 꽃과 사람이 온화하게 숨 쉬며 조화된 이곳에서 하르르, 꽃잎이 하나 떨어집니다. 그리고 그 소리에 화자는 온 마음을 기울입니다.

꽃이 지는 소리는 생명 하나가 왔다가 저세상으로 가는 소리입니다. 툭 하고 떨어져, 저를 낳고 길러 준 대지로 돌아가는 소리지요. 꽃이 지는 것은 지극히 예사로운 일입니다. 그 예사로운 일의 비범한 의미를 잘 아는 화자는 꽃을 떨군 바람을 탓하지 않습니다. 그저 온 마음으로 꽃이 지는 소리를 들을 뿐이죠. 아무리 아름다웠던들, 아무리 아끼고 사랑했던들 때가 되면 헤어지고 사라지는 이치를 거스를 수는 없기 때문입니다.

날이 밝았으니 이제 촛불을 꺼야 합니다. 그래야 꽃이 지는 기척을 더 가까이 느낄 수 있으니까요. 촛불을 끄자 생을 다한 꽃의 그림자가 뜰에 어리고, 하얀 창호지를 바른 미닫이 위로 그 붉은 자취가

---

* 적정 寂靜, 고요함.

희미하게 스쳐갑니다.

꽃이 지는 아침, 빠르고 가볍게 돌아가는 세상사를 멀리하고 묻혀서 사는 '나'는 아름다운 것이 스러지는 순간을 응시하며, 내 삶의 자리를 깊숙이 되돌아보고 있습니다. 무엇이 아름다움인지, 어떻게 살 것인지, 삶의 앞자리에 놓을 일들은 무엇인지, 홀로 자신과 대면합니다. 꽃이 지는 아침은 그렇게 살아 있음의 소중함과 유한함을 사무치게 실감하는, "울고 싶"은 아침입니다.

지금까지 읽었듯 시인들이 외로움에 대처하는 자세는 조금 특별합니다. 흔히 외로움이 찾아오면 그것을 피하고 싶어 하고, 곧장 누군가와 접촉을 시도하는 사람들과는 다르지요. 살면서 가장 외로웠던 순간이 언제인지, 그때 자신이 무엇을 했는지 떠올려 보세요. 다시 외로움이 찾아온다면 시인들처럼 사색하고, 깊이 느끼고, 마주해 봅시다. 그 순간 외로움은 여러분의 스승이 되어 줄 것입니다.

더
읽어 볼
시집

『마음의 수수밭』, 천양희, 창비, 1994

1942년 부산에서 태어나 이화여자대학교 국문과를 졸업했다. 1983년 첫 시집『신이 우리에게 묻는다면』을 낸 이후 2011년『나는 가끔 우두커니가 된다』까지 모두 7권의 시집을 냈다. 33세 되던 1974년, 부모님이 세상을 떠나고 이혼으로 남편, 아이와도 헤어졌다. 그해 삶을 등지려 찾아간 전북 부안 내변산에서 다시 삶의 의지를 다졌다. 그때부터 그는 철저한 고독과 고립을 시 쓰기로 넘어섰다. 시인은 지금까지 40년 세월을 지독하게 홀로 견디며 그 고통과 고독을 시로 매만졌다.

시인은 누구도 대신하거나 나눌 수 없는 고통을 이겨 내고 얻은 삶의 지혜를 시편마다 새긴다. 표제시가 널리 알려져 꾸준히 사랑받는 이 시집은 1965년 등단한 이후 1970년대 말부터 발표해 온 시편들을 묶은 것이다. 한 인간이 인생의 고통과 고독에 어떻게 대면하고 대결하는가를 잘 보여 준다.

『향수』, 정지용, 휴먼앤북스, 2011

　1902년 충청북도 옥천에서 태어났다. 고향에서 보통학교를 졸업한 후 17세 때 서울 휘문고등보통학교에 입학했다. 고학으로 학교를 다니다 21세에 졸업하고, 모교 장학생으로 선발되어 1923년 4월부터 6년 넘게 일본에서 영문학을 공부했다. 1929년에 모교로 돌아와 16년간 영어 교사로 재직했다. 휘문고보 시절은 정지용이 시인으로서 절정이었던 때로 아이들을 가르치다가도 시상이 떠오르면 빙그레 웃음 짓곤 했다는 일화가 전해진다.

　정지용은 잡지『가톨릭 청년』을 통해 이상을,『문장』을 통해 박목월, 박두진, 조지훈 등을 문단에 데뷔시켰고, 해방 직후 윤동주의 유고 시집 간행을 주도했다. 시에 대한 감식안, 신인을 발굴하는 안목이 남달랐던 그는 6·25 전쟁 중에 납북되었고 안타깝게도 북으로 이송되던 도중 미군기의 폭격을 맞아 사망했다.

　1935년에 첫 시집『정지용 시집』을, 1941년에 두 번째 시집『백록담』을 냈다. 이 책에는 두 시집에 실렸던 시들이 원전 그대로의 모습으로 70편 정도 실려 있다. 노래로도 널리 알려진「향수」나「호수」,「고향」처럼 쉽고

친근한 시나 「유리창」, 「말」, 「바다」같이 이미지가 선명하고 세련된 시를 두루 만날 수 있다. 특히 두 번째 시집 『백록담』에 실린 시들에 이르면 정지용 시의 정수란 이런 것이구나 하는 감탄을 저절로 하게 된다. 「비로봉」, 「장수산」, 「인동차」 등을 읽으며 시로 그린 동양적 문인화의 세계로 들어가 보자.

🖊 『승무』, 조지훈, 시인생각, 2013

1920년 경상북도 영양의 유서 깊은 한양 조씨 마을, 명문가에서 태어났다. 조지훈은 소년 시절 한학을 배우는 동시에 서구에서 들어온 책들을 탐독했다. 1936년 조선어학회 『큰사전』 편찬 작업을 도왔고 이 일로 일본 경찰에게 심문을 받기도 했다. 1948년부터 오랫동안 고려대학교 국문학과 교수로 있으면서 한국학의 토대를 마련했고, 세상이 어지러울 때 바른 소리를 다하며 선비의 몫을 했다. 이승만 정권의 부정선거 전후 「지조론」을 써서 꾸짖은 일화는 유명하다. 1968년 기관지 확장증으로 49세라는 이른 나이에 세상을 떠났다.

1946년 박두진, 박목월과 함께 『청록집』을 냈고, 1952년 첫 시집 『풀잎단장』을 펴낸 후로 3권의 시집을 더 냈다.

조지훈의 시는 고풍스럽다. 그의 시 가락은 두루마기 자락의 우아한 선이라든가 난초, 대나무의 고고한 기품을 담고 있다. 그는 식민 치하,

분단과 전쟁, 독재 등 현대사의 암울한 혼란을 고고한 정신적 이상 세계를 동경하며 극복하고자 했다. 그러한 동경을 언어로 표현한 작품 50편이 『승무』에 담겨 있다. 선비 집안에서 태어나 조선의 정신문화를 계승했던 시인의 배경을 생각하며 시를 읽어 보자.

너에게 손 내밀기

친구_ 새로운 우정이 시작되는 길목에서

서정주, 「상리과원(上理果園)」 · 장석남, 「겨울 연못」 · 송수권, 「지리산 뻐꾹새」

부모_ 부모에게서 홀로서기 그리고 돌아오기

손택수, 「지장」 · 고두현, 「늦게 온 소포」 · 김평엽, 「간장독을 열다」

사랑_ 사랑의 설렘과 기쁨 그리고 아픔

김소월, 「예전엔 미처 몰랐어요」 · 황동규, 「즐거운 편지」 · 황지우, 「너를 기다리는 동안」

새로운 우정이 시작되는 길목어서

새봄, 긴장과 설렘이 교차하는 시간

새 학기가 시작하는 3월, 교실 안은 긴장감이 흐릅니다. 같은 반인 아이들이 아직은 낯설어, 쉬는 시간이면 아는 아이끼리 몇 마디 주고받으며 흘끔흘끔 다른 친구들을 살펴보지요. 작년에 옆 반이어서 얼굴이 익은 아이, 친구의 친구라 몇 마디 나누어 본 적 있는 아이, 그리고 그 옆에서 얘기를 나누고 있는 전혀 새로운 얼굴……. 그렇게 삼삼오오 모여 소곤거리다 보면 웃음보가 터질 때도 있지만, 웃음조차도 조심스럽기는 마찬가지입니다. 그러다 답답할 때면, 친한 친구가 있는 다른 반으로 달려가 외로움과 아쉬움을 달래기도 하지요.

조금만 더 친해지면 밖으로 달려 나가 한바탕 농구라도 하며 우당

탕 구를 남자아이들도, 아직은 점잔을 빼고 앉아 있지요.

이 아이는 어떤 성격일까? 반 분위기는 어떨까? 앞으로 어떤 친구들을 사귀게 될까? 새 학기 아이들의 얼굴에는 앞으로 펼쳐질 일에 대한 걱정과 기대가 교차합니다.

창밖으로는 아직 앙상한 겨울나무가 보입니다. 봄꽃이 언제 필까 싶지만, 실은 그리 멀지 않았어요. 얼었던 흙이 녹고 나무들이 물기를 빨아올리며 간질간질 꽃 몸살을 앓고 있으니까요. 따스한 봄바람을 기다리며 웅크렸던 겨울눈도 살살 벌어집니다. 곧 노란 안개 같은 산수유꽃을 시작으로 희고 향기 높은 매화와 벚꽃, 개나리가 차례로 피어날 거예요. 그러면 교정은 학생들의 수런거림과 봄꽃들의 웃음소리로 가득해지겠지요. 간질간질한 성장의 충동을 느끼는 아이들로 가득한 새 학기 교실은 꼭 초봄의 과수원 같습니다.

상리과원(上理果園)

서정주

꽃밭은 그 향기만으로 볼진대 한강수나 낙동강 상류와도 같은 융융(隆隆)한* 흐름이다. 그러나 그 낱낱의 얼골들로 볼진대

---

* 융융한 센 바람이 어디엔가 부딪혀 자꾸 큰 소리가 들리는.

우리 조카딸년들이나 그 조카딸년들의 친구들의 웃음판과도 같은 굉장히 질거운 웃음판이다.

세상에 이렇게도 타고난 기쁨을 찬란히 터트리는 몸뚱아리들이 또 어디 있는가. 더구나 서양에서 건네온 배나무의 어떤 것들은 머리나 가슴팩이*뿐만이 아니라 배와 허리와 다리 발꿈치에까지도 이뿐 꽃숭어리*들을 달았다. 맵새, 참새, 때까치, 꾀꼬리, 꾀꼬리새끼들이 조석(朝夕)으로 이 많은 기쁨을 대신 읊조리고, 수십만 마리의 꿀벌들이 왼종일* 북 치고 소구* 치고 마짓굿* 울리는 소리를 허고, 그래도 모자라는 놈은 더러 그 속에 묻혀 자기도 하는 것은 참으로 당연한 일이다.

우리가 이것들을 사랑할려면 어떻게 했으면 좋겠는가. 묻혀서 누워 있는 못물과 같이 저 아래 저것들을 비취고 누워서, 때로 가냘푸게도 떨어져 내리는 저 어린 것들의 꽃잎사귀들을 우리 몸 우에 받어라도 볼 것인가. 아니면 머언 산들과 나란히 마조 서서, 이것들의 아침의 유두분면(油頭粉面)*과, 한낮의 춤과, 황혼의 어둠 속에 이것들이 잦아들어 돌아오는 ─ 아스라한 침잠(沈潛)이나 지킬 것인가.

---

* 가슴팩이 가슴팍.
* 꽃숭어리 많은 꽃송이가 굵게 모여 달린 덩어리.
* 왼종일 온종일.
* 소구 소고(小鼓).
* 마짓굿 특정한 날을 기다려 맞이하는 굿. '맞이굿'을 소리 나는 대로 적은 표현이다.
* 유두분면 기름 바른 머리와 분 바른 얼굴. 화장한 여자의 모습을 가리킨다.

하여간 이 한나도 서러울 것이 없는 것들 옆에서, 또 이것들을 서러워하는 미물 하나도 없는 곳에서, 우리는 서뿔리 우리 어린 것들에게 서름 같은 걸 가르치지 말 일이다. 저것들을 축복하는 때까치의 어느 것, 비비새*의 어느 것, 벌 나비의 어느 것, 또는 저것들의 꽃봉오리와 꽃숭어리의 어느 것에 대체 우리가 행용* 나죽히 서로 주고받는 슬픔이란 것이 깃들이어 있단 말인가.

이것들의 초밤에의 완전귀소(完全歸巢)*가 끝난 뒤, 어둠이 우리와 우리 어린 것들과 산과 냇물을 까마득히 덮을 때가 되거던, 우리는 차라리 우리 어린 것들에게 제일 가까운 곳의 별을 가르쳐 뵈일 일이요, 제일 오래인 종소리를 들릴 일이다.

윗마을 과수원(상리과원)은 지금 봄이 한창입니다. 온 밭에 배꽃이 하얗게 피어났어요. 꽃은 배나무 우듬지*에만 핀 것이 아니라 나무 전체를 휘감고 있습니다. "머리나 가슴팍이뿐만이 아니라 배와 허리와 다리 발꿈치에까지도 이쁜 꽃숭어리들"이 가득 피어난 배나무, 그 배나무로 가득한 봄의 과수원을 떠올려 보세요.

시적 화자는 하얗고 화사한 배꽃이 가득 달린 배나무에서 까르르

---

* 비비새 오디새의 옛말. 후투티.
* 행용 항용, 항상.
* 완전귀소 모든 것이 제 집이나 둥지로 돌아감.
* 우듬지 나무의 꼭대기 줄기.

웃음 터뜨리는 한 무리의 소녀를 봅니다. 아름답고, 밝고, 맑고, 즐거운 아가씨들. 한창 꽃다운 시절의 소녀를 어여삐 여기는 화자의 마음이 "우리 조카딸년들이나 그 조카딸년들의 친구들"이라는 격의 없는 표현 속에 담겨 있지요.

인생에 굴곡이 왜 없겠으며, 슬픔이나 번민 없는 청춘이 어디 있을까요? 그러나 화자는 젊음의 절정에 오른, 미래를 향해 활짝 열린 봄꽃에게서 살아 있음의 기쁨을 만끽합니다. 그렇기에 배나무는 지금 "타고난 기쁨을 찬란히 터트리는 몸뚱아리들"이고, 꽃밭은 온갖 새와 꿀벌들이 노래하는 잔치판이며, 기쁨에 겨워 "그 속에 묻혀 자기도 하는" 낙원입니다.

화자는 이 기쁘고, 아름답고, 밝은 존재들과 하나가 되려 합니다. 누워서 아름다운 꽃 무더기를 비춰 올리고, 때로는 가냘프게 떨어져 내리는 꽃 잎사귀를 받아들이는 '못물'이 되고 싶습니다. 배나무들의 화사한 아침 화장부터 한낮의 춤, 황혼녘의 속삭임까지 지켜보는 '둥근 산'이 되고 싶습니다. 그러다 보면 화자도 어느새 슬픔의 골짜기와 번민의 골방을 떠나 봄꽃이 되어 한들한들 가볍게 떠오를 테니까요.

나아가 화자는 봄꽃처럼 가벼워지자고 우리에게도 청합니다. 어둠이 우리를 까마득히 덮을 때, 저 하얀 배꽃에 가장 가까이 있는 별과 오래된 종소리를 떠올리자고 말합니다. 투명하고 경건한 그것들을 떠올리며 가볍게 솟아오르자 합니다. 그러한 삶의 자세로 봄을 나고, 어린 자녀들을 키우자고 청합니다.

새봄, 긴장과 설렘이 교차하는 시간, 이 시를 읽으면 새로운 만남에 대한 기대감이 봄꽃처럼 환하게 피어날 것입니다. 그 설렘과 기대를 온몸으로 느껴 보는 시간을 가져 보세요.

진정한 친구를 기다리며

누구나 다른 사람에게 소중한 사람이 되고 싶고, 친밀한 관계를 맺고 싶어 합니다. 또 내가 좋아하는 사람과 더욱 가까워지고 싶어 하지요.

하지만 그런 관계는 쉽게 얻어지지 않습니다. 인기 있는 무리에 속하길 원하고, 반에서 영향력 있는 친구들과 어울리고 싶어 한다면 진짜 속내를 털어놓을 친구를 사귀기는 힘듭니다. 또 함께 놀 친구로만 가볍게 이 사람 저 사람 대하면 관계가 겉돌게 됩니다. 십대는 평생을 두고 함께 성장할 친구를 사귀기에 더 없이 소중한 시간입니다. 내가 생각하는 이상적인 친구를 원한다면 나도 누군가에게 그런 사람이 되려는 마음과 노력이 필요하겠죠.

여기 소중한 관계에 대한 소망을 조심스럽고 애틋하게 드러낸 시가 있습니다.

겨울 연못

장석남

얼어붙은 연못을 걷는다
이쯤엔 수련이 있었다
이 아래는 메기가 숨던 까막돌이 있었다
어떤 데는 쩍쩍 짜개지는 소리
사랑이 깊어가듯

창포가 허리를 다 꺾었다
여름내 이 돌에 앉아 비춰보던 내
어깨 무릎 팔, 모두 창포와 같이 얼었다
그도 이 앞에서 뭔가를 비춰보던데 흔적 없다
열나흘 달이 다니러 와도 냉랭히
모두 말이 없다

연못에 꿍꿍 발 굴러가며
어찌하면 나에게도 이렇게
누군가 들어와 서성이려나
"이쯤은 내가 있던 자리"
"이쯤은 그 별이 오던 자리"

하며

   화자는 자신이 자주 찾던 연못 위를 한겨울에 걷고 있습니다. 그
러면서 지난여름의 자취를 더듬고 있어요. 색색으로 피어난 수련과
그 사이에서 금붕어가 놀던 모습, 그리고 돌 틈에 숨어 있던 메기까
지 떠올리지요.

담담한 어조의 단문이지만, 어쩐지 허전함과 상실감이 느껴집니다. 다시 만나지 못할 대상을 추억하는 듯 '―었다'라는 과거형 종결어미를 반복하거든요. 그때 문득 적막한 분위기를 깨고 얼음 짜개지는 소리가 들립니다. 화자는 이 소리를 "사랑이 깊어가"는 소리라 표현합니다.

누군가를 혼자 좋아하면 그만큼 고통이 커집니다. 이성에 대한 사랑이 아니더라도, 정말 좋아하는 친구가 내게는 관심이 없을 때, 열심히 다가갔는데도 친구들이 나를 소외시킬 때, 가슴에 구멍이 난 듯 공허한 느낌이 들지 않나요? 그럴 때 자신도 모르는 사이 위축되어 자신감마저 없어지기도 합니다.

나와 연못만 있던 공간이었는데 2연에서는 '그'가 등장합니다. "그도 이 앞에서 뭔가를 비춰보던데 흔적 없다"라는 구절은 그와 화자의 사이를 짐작케 하지요. 화자가 '그'를 바라보던 흔적은 있는데, 서로 관계를 주고받은 흔적은 없거든요. 메기가 숨었던 까막돌 근처에서 여름내 홀로 연못에 마음을 비추어 보던 화자, 그리고 화자가 몰래 훔쳐보았던 '그'. 시적 화자는 이 겨울 연못에서 이제 누군가를 그리워합니다. 그리움이 깊어져, 제 마음이 쩍쩍 짜개지는 소리를 들으면서요.

그러나 '그'는 지금 흔적이 없습니다. 이제 이 시를 읽으며 왜 단절, 은둔, 후퇴의 이미지가 떠올랐는지 이해가 됩니다. 수련이 '있었고', 까막돌이 '있었고', 창포가 허리를 다 '꺾었고', 끝내 뿌리줄기만 남아

'꽁꽁 얼어' 있거든요. 물론 화자의 무릎과 팔도 다 얼었고요. 날도 차지만 화자의 마음은 외로움으로 더 춥습니다. 열나흘 달, 이제 내일이면 꽉 찬 보름달이 뜨겠지만, 그 달을 맞이하는 것은 침묵과 연못과 나뿐입니다. "냉랭히 / 모두 말이 없"습니다.

3연에서 화자는 누군가와 교류하고 싶은 소망을 조금 더 직접적으로 드러냅니다. 누군가 "연못에 꽁꽁 발 굴러가며" 자신을 불러내 주기를 소망합니다. 혹시 자신이 망설임 때문에 얼른 대답하지 못해도, 금세 뒤돌아서지 않고 기다려 줄 사람을 고대하지요. "누군가 들어와 서성이"기를, 지금 자신이 '그'를 생각하며 그러하듯 누군가가 "이쯤은 내가 있던 자리이고, 이쯤은 그 별이 오던 자리"라고 중얼거리며 애틋하게 불러 주기를 바랍니다.

이 시에 등장하는 연못은 오랫동안 아픔을 견디던 공간, 누군가를 그리워하며 기다리던 공간입니다. 이제는 사라지고 없지만 가난했던 시절, 자신만의 내밀한 공간이 필요할 때 올라가던 '다락방' 같은 공간입니다.

나의 '지음'은 어디에 있을까

'그와 나를 하나로 잇고 싶다.' 이는 관계를 존재의 본질로 삼는, 인간의 근원적인 욕망 가운데 하나입니다. 부모로부터 독립된 나를 세워 가는 과정에서, 인간은 가족의 소속감과 안정감을 대신해 줄 친구와 연인을 강력히 소망합니다. 내 마음을 나인 듯 알아줄 사람, 슬픔은 덜고 기쁨은 더해 줄 또 다른 나를 찾아 나서는 것이지요. '또 다른 나'를 찾아 떠나는 존재의 여정, 다음 시에 가득한 뻐꾸기 울음 소리에 귀 기울여 보세요.

지리산 뻐꾹새

송수권

여러 산봉우리에 여러 마리의 뻐꾸기가
울음 울어
떼로 울음 울어
석 석 삼년도 봄을 더 넘겨서야
나는 길 뜬* 설움에 맛이 들고
그것이 실상은 한 마리의 뻐꾹새임을
알아냈다

지리산 하(下)

---

* 길 뜬 익숙하지 않은.

한 봉우리에 숨은 실제의 뻐꾹새가

한 울음을 토해 내면

뒷산 봉우리 받아넘기고

또 뒷산 봉우리 받아넘기고

그래서 여러 마리의 뻐꾹새로 울음 우는 것을

알았다.

지리산 중(中)

저 연연한 산봉우리들이 다 울고 나서

오래 남은 추스름 끝에

비로소 한 소리 없는 강이 열리는 것을 보았다.

섬진강 섬진강

그 힘센 물줄기가

하동 쪽 남해를 흘러들어

남해군도의 여러 작은 섬을 밀어 올리는 것을 보았다

봄 하룻날 그 눈물 다 슬리어서[*]

지리산 하(下)에서 울던 한 마리 뻐꾹새 울음이

---

* 슬다 형체나 현상 따위가 차차 희미해지면서 없어지다.

이승의 서러운 맨 마지막 빛깔로 남아

이 세석(細石)철쭉꽃밭을 다 태우는 것을 보았다.

뻐꾸기 울음을 들어 본 적이 있나요? 봄, 여름에 조용한 숲에 가면 뻐꾸기 소리를 들을 수 있습니다. 참새나 꾀꼬리 소리가 가볍고 경쾌하다면 뻐꾸기 울음은 어딘가 구슬픈 데가 있습니다. 뻐꾸기 소리를 들어 본 적이 없다면 인터넷 백과사전에서 새 이름을 검색하면 울음소리를 들을 수 있습니다. 뻐꾸기 울음을 떠올리며 이 시를 다시 한 번 읽어 봅시다.

뻐꾹새 한 마리의 울음이 온 우주를 울게 합니다. 뻐꾹새 울음이 온 산에 가득해서 여러 마리가 우는 줄 알았더니 실은 산봉우리가 함께 울었고, 그 목멤에 강물이 열리고 바닷물이 불어나 섬이 넘실거리며 철쭉꽃이 붉게 타올랐습니다. 이것은 무엇을 의미할까요? 뻐꾹새의 설움이 그만큼 크다는 뜻일 수도 있고, 산봉우리와 강물, 철쭉꽃도 비슷한 설움을 안고 있다는 뜻일 수도 있습니다.

우리는 모두 서럽고 외롭습니다. 부모님 밑에서 보살핌을 받지만, 성장에는 고통이 따릅니다. 수없이 배워야 하고, 선택해야 하며, 부딪치고 헤쳐 나가야 하지요. 그러면서 몸과 마음이 다치기도 하고, 주위 사람들이 아파하는 모습도 보게 됩니다. 존재로 태어나 자기 인생에 책임을 진다는 것, 어쩌면 그 자체가 설움일 수도 있습니다.

그래서 인간은 살아간다는 일의 외로움과 두려움을 달래 줄 따뜻한 관계를 소망합니다. 따뜻한 관계 속에서 서로 기대며 빈자리를 채우기도 하지만, 관계를 맺는 데 실패하여 더욱 좌절하기도 하고요. 인간관계는 내가 원하는 대로만 흘러가지 않으니까요.

화자가 뻐꾹새 울음소리의 비밀을 안 것은 길 떠난 지 "석 석삼년도 봄을 더 넘겨서"입니다. '석삼년'이 아홉 해를 의미하므로, '석 석삼년'은 그보다 세 곱절이 긴 시간일 거예요.

시인 송수권은 몹시 가난하고 쓸쓸했던 유년 시절을 거쳐 어렵사리 대학을 졸업하고, 36세에 늦깎이로 문단에 들어섰습니다. 그가 써서 보낸 시 10여 편은 원고지가 아닌 갱지*에 쓰였다 하여 잡지사 휴지통에 버려졌다가, 어느 편집인의 눈에 띄어 기적적으로 빛을 보았지요. 하지만 일정한 거주지 없이 떠돌던 탓에 시인은 1년이 지난 뒤에야 당선 소식을 알게 되었습니다. "석 석삼년도 봄을 더 넘겨서야 / 나는 길 뜬 설움에 맞이 들"었다는 구절에는 이러한 시인의 방랑 이력이 담겨 있습니다. 어느 정도 방랑이 진정되고 인생을 관조할 수 있는 여유가 생겼을 때, 화자는 뻐꾹새가 실은 한 마리였다는 것을 알아냅니다. 뻐꾹새 울음에 담긴 한의 비밀을 깨달은 것이죠.

"뻐꾹새가 / 한 울음을 토해 내면" 뒷산 봉우리가 받아넘깁니다. 뻐꾹새 한 마리와 산봉우리가 서로에게 닿아 교감합니다.

춘추·전국 시대의 고사가 떠오르네요. 초나라 태생인 유백아는 스

---

* 갱지 지면이 좀 거칠고 품질이 낮은 종이. 주로 신문지나 시험지로 쓴다.

승 성연자에게 음악을 배웁니다. 스승은 그에게 신비하고 무궁한 자연과 조화를 이루는 소리를 터득하게 하지요. 그렇게 해서 거문고 연주의 경지에 오른 백아는 진나라에서 20여 년 관리를 지내고 스승을 찾아갔습니다. 안타깝게도 스승은 세상을 떠난 뒤였습니다. 몹시 상심한 백아는 강에 배를 띄우고 백안 기슭에서 거문고를 탔습니다. 그때 애달픈 거문고 소리에 탄식을 한 이가 가난한 나무꾼인 종자기였습니다. 평생 산천에 살며 자연과 교감한 종자기는 경지에 이른 음악을 들을 줄 아는 사람이었습니다. 그는 거문고 연주를 듣고 백아가 큰 강의 분위기를 연주하는지, 하늘 높이 솟은 태산을 연주하는지 잘 알아챘습니다.

두 사람은 음악을 매개로 깊이 교감하는 벗이었습니다. 백아와 종자기는 이듬해에 만날 것을 기약하고 헤어졌지만 만날 수 없었습니다. 종자기가 병으로 죽었기 때문이었죠. 백아는 스승에 이어 유일하게 자신의 음악을 알아주는 지음*(知音), 종자기가 죽자 거문고의 현을 끊어 버렸다고 합니다.

지금 뒷산 봉우리는 뻐꾹새의 지음입니다. 뻐꾹새의 울음은 산봉우리로, 다시 강으로 바다로, 섬을 거쳐 마침내 철쭉꽃에 전해집니다. 한 존재의 감정이 존재의 경계를 넘어 다른 존재로 전달되고, 이들은 함께 울어 줍니다.

---

* 지음 마음이 서로 통하는 친한 벗.

살아가는 일의 외로움과 두려움을 다른 누군가와 나눌 수 있다면, 우리의 눈물은 봄눈 슬듯 사라질 거예요. 존재하는 한 서러움이야 숙명처럼 또 찾아오겠지만, 마음을 나눌 친구가 곁에 있다면 그때는 서러움도 지리산 철쭉꽃처럼 아름답게 타오를 수 있겠지요. 온 우주와 함께 울며 철쭉꽃을 다 태운 이 시의 뻐꾹새처럼 말이에요.

더
읽어 볼
시집

『무슨 꽃으로 문지르는 가슴이기에 나는 이리도 살고 싶은가』,
서정주, 은행나무, 2014

　1915년 전라북도 고창에서 태어났다. 1936년 「동아일보」에 시 '벽'을 발표하며 등단했으며 그해 김동리, 오장환 등과 함께 동인지 「시인부락」을 창간하여 활발히 활동했다. 그의 나이 27세이던 1941년, 동대문여학교에 교사로 부임하면서 첫 시집인 『화사집』을 출간했다. 1997년 『80소년 떠돌이의 시』를 펴내기까지 70년 동안 모두 15권의 시집을 냈고, 2000년 12월 86세의 나이로 별세하였다.

　이 시집은 미당 서정주의 시 전체에서 100편을 가려 뽑은 시집으로, 제자이자 서정주 연구자인 윤재웅 교수가 엮었다. 서정주의 시를 읽고 있으면 보이지 않는 저 영원까지 닿아 있는 신비로운 상상력과 우리말 표현에 경탄을 거듭하게 된다. 그의 시에는 전통과 신화가 살아 숨 쉬고 있고, 특히 나와 대상의 경계를 뛰어넘는 불교적 숨결이 느껴진다. 하지만 미당 서정주는 일제 말기에 적극적으로 친일 시를 쓰고, 군부 독재 시절에는 독재자를 찬양하는 시를 쓰면서 자신의 뛰어난 시 세계를 스스로 배반하는 오점을 남기기도 했다.

『지금은 간신히 아무도 그립지 않을 무렵』, 장석남, 문학과지성사, 1995

1965년 인천광역시 덕적에서 태어나 서울예술대학 문예창작과를 졸업했다. 1991년 첫 시집 『새떼들에게로의 망명』을 낸 후로 지금까지 6권의 시집을 내놓았다. 사이버 문학광장 '문장'에서 문학집배원으로도 활동하였다. 문장 홈페이지(http://munjang.or.kr)에 들어가면 매주 월요일에 그가 골라 주었던 시를 확인할 수 있다. 현재 한양여자대학교 문예창작과에서 학생들을 가르치고 있다.

시인의 고향은 섬마을이다. 언젠가 그가 "저녁노을과 흰 모래 해변, 파도 소리가 쓸쓸하나마 명물"인 곳이라 소개한 적이 있다. 시인이지만 한때 배우로도 활동했고, 춤과 노래, 음악 듣기와 악기 연주를 좋아하며 이백을 그리워하는 풍류꾼이다.

장석남 시를 읽는 즐거움은 이질적인 사물들이 절묘하게 관계 맺는 것을 보는 데 있다. 그 이질적인 사물들은 서로를 적시며 애처롭게 어깨를 기댄다. 그의 시를 읽으면 삶의 섬세한 슬픔, 가녀린 흔들림을 떠올리게 되고, 말없이 아름다운 하늘 아래 설 때처럼 고요히 위로받는다. 그의 두 번째 시집『지금은 간신히 아무도 그립지 않을 무렵』에서는 참신하면서도 절묘하게 삶의 서글픔을 드러내 주는 이미지들을 많이 만날 수 있다.

📝『송수권』, 송수권, 문학사상, 2005

1940년 전라남도 고흥에서 태어났고 서라벌예술대학 문예창작학과를 졸업했다. 몸이 약한 어머니를 오랜 투병 끝에 여의고 가세마저 기울어 몹시 어렵고 외로운 어린 시절을 보냈다. 어릴 때부터 줄곧 문학도의 꿈을 품어 오다 36세에 등단했다. 문예지『문학사상』신인상에 작품을 응모했으나 작품을 갱지에 적었다 하여 휴지통에 버려졌다가 우연히 발견되어 당선작으로 결정되었던 것. 당시 잡지사는 당선 소식을 알려 주려고 했으나 거처 없이 떠도는 처지였던 시인이 연락 받을 주소를 적지 않아 1년 뒤에야 겨우 상을 받을 수 있었다는 기막힌 사연이 전해진다. 41세 때 첫 시집『산문에 기대어』를 낸 후 14권의 시집을 냈다. 송수권의 시에는 전통적인 한의 정서가 흐른다. 어머니를 일찍 여의고, 가난을 견뎌 내야 했으며, 남동생의 죽음을 경험해야 했던 상처와 고향 땅의 가락이 한데 어울려 있다. 사투리와 구성진 남도 가락, 그리고 한의 정서가 판소리의 세계를 떠올리게도 하는 그의 시 164편과 산문 4편을 만날 수 있다.

부모에게서 홀로서기 그리고 돌아오기

부모를 향한 복잡한 마음

온 세상을 화사한 빛으로 수놓던 봄꽃이 지고 나면, 나뭇잎들이 새로 돋아납니다. 아기 손톱만 한 보드라운 얼굴 내밀며 하루가 다르게 푸르러지는 신록, 단단한 나무 허리께를 뚫고 뾰족 돋아나는 은행나무 어린잎을 보노라면 아기 얼굴이 떠오릅니다.

어버이는 자식의 뿌리이자 사랑을 다해 자식을 키워 주는 존재지만, 자식이 부모에게 사랑과 감사의 마음만 느끼는 것은 아닙니다. 실망, 억압, 부정, 불만, 반항까지 자식은 자라면서 부모에게 부정적인 감정을 많이 느끼고, 이 감정은 내적인 갈등의 뿌리가 되지요.

유아기를 지나 자아가 형성되기 시작하면 부모에게 절대적으로

의존하던 아이는 자신을 둘러싼 세계(부모)에 의문을 품기 시작합니다. 그리고 자신의 가치 기준에 비추어 부모의 행위와 성격, 삶의 방식 등을 판단합니다. 그러면서 부모에게 크고 작은 실망과 불안, 불만 등의 감정을 느낍니다. 이 시기의 청소년은 부모에게서 독립된 존재로 인정받길 원하지만 한편으로는 부모와 관심과 사랑, 정서적인 교감과 대화를 갈망합니다. 사랑과 미움 사이의 내적인 줄다리기가 반복되는 것이죠. 자신을 둘러싸고 있던 부모라는 알껍데기를 깨고 나오는 일. 그것은 청소년이 자기(自己)를 형성하는 과정에서 반드시 겪는 심리적 고통입니다.

여러분은 마음속으로 부모님을 미워해 본 적이 없나요? 부모님의 높은 기대 때문에 부담을 느끼거나, 그 기대에 미치지 못하는 자신에게 실망한 적은 없나요? 이런 마음속 갈등 때문에 부모님께 반항적인 말과 행동을 한 적은 없나요?

지장

손택수

도서관 책을 읽다 보니 누르스름한 지문이 보인다
체액과 손에 묻은 먼지를 인주밥 삼아 찍어놓은 지장

아들놈이 하는 짓을 늘 못마땅해하는

아버지의 지문을

언젠가 내 글이 실린 잡지에서 본 적이 있다

어린날 개학 전날 밤까지 보여드리지 못하고

안절부절못하다 펼쳐본 통지표,

시원찮은 통지표에 어느새 찍혀 있던

당신의 도장 앞에서처럼

나는 그때 얼마나 부끄러웠던 것인지, 지문이

연못물처럼 찰랑이며 번져가는 책장을 들여다본다

희미해져가는 파문을 지켜내느라고, 책장 속의 느낌표 하나가

땀방울처럼 뚝 떨어졌다

튀어오른 것 같다!

「지장」의 핵심 사건 역시 부모의 기대를 채우지 못한다는 부담감과 부끄러움 속에서 발생합니다. 아버지는 화자가 하는 일이 늘 못마땅합니다. 시를 쓰는 것이 돈이나 명예와는 거리가 멀기 때문이지요. 그래서 함민복 시인은 시 「긍정적인 밥」에서 "시집 한 권을 삼천

원 주고 팔면 들인 공에 비해 박한 가격이 아닌가 싶다가도, 따지고 보면 국밥 한 그릇을 먹을 수 있는 값인데, 과연 내 시가 국밥만큼 사람들의 마음을 따뜻하게 해줄 수 있을까"라고 말하기도 했습니다. 그만큼 시 쓰는 일은 돈 버는 일과는 거리가 멀지요. 그러니 시적 화자의 아버지가 자식이 하는 일을 영 못 미더워하는 것도 이해는 갑니다.

어느 날, 화자는 도서관에서 책을 읽다가 누르스름한 지문 하나를 발견합니다. 유독 진하게 찍힌 것을 보면 지문의 주인공은 당시 손이 깨끗하지 않았던 것 같습니다. 여느 사람 같으면 이를 그냥 지나치거나 부주의하게 책을 만진 누군가를 탓했을 거예요. 하지만 화자는 그 지문에서 한 인간의 체취를 느낍니다. 땀과 기름기, 먼지가 범벅이 되어 진하게 찍힌 지문이 마치 꾹꾹 인주를 묻혀서 눌러 찍은 '지장' 같다고 생각합니다.

사람들은 큰돈을 주고받거나 중요한 서류를 작성할 때, 자신이 내용을 직접 확인했다는 뜻으로 도장을 찍습니다. 도장 대신 지장을 찍기도 하지요. 깔끔하게 새겨진 도장에 비하면 지장은 투박합니다. 이 시의 분위기로 미루어 장면을 떠올려 보면 땀내를 펄펄 풍기고 침도 튀어 가며, 우렁우렁한 목소리로 이야기하는 노동자 같은 느낌입니다.

"도서관 책"을 읽다 우연히 마주친 지문. 이 지문의 주인공은 어떤 사람일까요? 시인의 머릿속에 떠오른 과거의 사건이 2연에 소개됩니다.

자식이 시 쓰는 일을 못마땅해하던 아버지가 자신의 글을 관심 있게 지켜본다는 사실을, 어느 날 '나'는 우연히 알게 됩니다. '나'의 글이 실린 잡지에 아버지의 지문이 찍혀 있는 걸 보게 된 거지요.

어릴 적에도 비슷한 일이 있었습니다. 성적이 신통치 않아 부모님께 통지표를 차마 보여 드리지 못하고 마음을 졸였는데, 개학 전날 서랍을 열어 보니 이미 아버지 도장이 찍혀 있었던 것이죠! 아버지는 야단 한 번 치지 않고 조용히 도장을 찍어 놓았습니다. 그날 '나'는 당황스럽고, 부끄럽고, 죄송했습니다. 아버지의 말 없는 관심과 배려에 새삼 정을 느끼며 감사했어요.

자신의 글 위에 찍힌 지문에서 어린 날처럼 '나'는 부끄러움을 느꼈습니다. '나'는 감동과 부끄러움, 당황스러움에 눈물을 참으려고 애를 씁니다. 마음을 다잡아 보지만 그만 눈물이 뚝 떨어지고 맙니다. 마치 느낌표처럼, 땀방울처럼 말이에요. 선명한 눈물 한 방울이 책장에 보석처럼 튀어 오르는 것 같습니다.

시인은 가난해서 힘들게 일하신 아버지, 그러니까 누르스름한 "체액과 손에 묻은 먼지"를 평생 지니고 한세상 헤쳐 오신 아버지께 고맙고 죄송한 마음을 전합니다. 도서관 책 위에 찍힌 때 묻은 '지장'은 시인에게 또 다른 아버지들입니다. 온 마음을 다해 좋은 시를 쓰고, 그 시를 통해 더 깊이 끌어안고 싶은 아버지 어머니이며, 형제, 친구이자 이웃입니다.

이번에는 서로를 걱정하는 어머니와 자식의 마음이 손에 잡힐 듯
그려진 시를 읽어 볼게요.

어머니를 향한 애틋한 마음

늦게 온 소포

고두현

밤에 온 소포를 받고 문 닫지 못한다.
서투른 글씨로 동여맨 겹겹의 매듭마다
주름진 손마디 한데 묶여 도착한
어머님 겨울 안부, 남쪽 섬 먼 길을
해풍도 마르지 않고 바삐 왔구나.

울타리 없는 곳에 혼자 남아
빈 지붕만 지키는 쓸쓸함
두터운 마분지에 싸고 또 싸서
속엣것보다 포장 더 무겁게 담아 보낸
소포 끈 찬찬히 풀다 보면 낯선 서울살이
찌든 생활의 겉꺼풀들도 하나씩 벗겨지고

오래된 장갑 버선 한 짝

해진 내의까지 감기고 얽힌 무명실 줄 따라

펼쳐지더니 드디어 한지더미 속에서 놀란 듯

얼굴 내미는 남해산 유자 아홉 개.

「큰 집 뒤따메 올 유자가 잘 댔다고 멧 개 따서

너어 보내니 춥울 때 다려 먹거라. 고생 만앗지야

봄 볕치 풀리믄 또 조흔 일도 안 잇것나. 사람이

다 지 아래를 보고 사는 거라 어렵더라도 참고

반다시 몸만 성키 추스리라」

헤쳐놓았던 몇 겹의 종이

다시 접었다 펼쳤다 밤새

남향의 문 닫지 못하고

무연히 콧등 시큰거려 내다본 밖으로

새벽 눈발이 하얗게 손 흔들며

글썽글썽 녹고 있다.

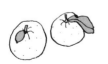

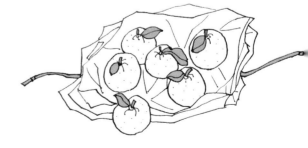

밤늦은 시간, 화자는 고향에 홀로 남은 어머니가 보내 준 소포를 받습니다. 겨울밤, 곁에 없는 이를 생각하며 쓸쓸함에 잠기는 시간, 소포는 멀리 떨어진 어머니와 화자를 그렇게 이어 줍니다.

늙으신 어머니는 행여나 '속엣것'이 상할까 걱정되어 두꺼운 마분지로 거듭 싸고, 겹겹으로 매듭을 묶었습니다. 그 포장을 하나하나 풀다 보면 소포를 정성껏 매만졌을 어머니의 주름진 손마디가 떠오르지요. 홀로 지키고 계실 고향집과 쓸쓸한 지붕 아래의 어머니 모습도 생각나고요. 어머니가 그 집에서 겨울을 나는 모습과 오래된 장갑, 버선, 그리고 해진 내의까지도 모두 손에 잡힐 듯 그려집니다. 오랜만에 찾아온 자식을 위해 밥상을 차리듯, 애틋한 마음으로 소포를 싸고 또 싸셨을 어머니의 마음이 고스란히 화자의 가슴을 적시네요. 그리하여 낯선 서울살이에 지친 마음의 겉꺼풀들이 하나씩 치유됩니다.

어머니가 보낸 물건은 무엇인가요? 바로 고향 남해에서 나고 자란 유자입니다. "드디어 한지더미 속에서 놀란 듯 / 얼굴 내미는 남해산 유자 아홉 개"라는 구절을 읽는 순간, 우리는 살아 있는 생명이 동그랗게 눈을 뜨며 시 속에서 얼굴을 내미는 듯한 느낌을 받습니다. 한지 속의 노랗고 둥근 유자 열매를 보고 화자가 느꼈을 반가움과 감동까지 생생히 전해집니다. 반가운 마음이 얼마나 컸던지 시인은 유자를 살아 있는 생명처럼 표현하고 있네요.

유자 뒤로는 어머니의 편지도 보입니다. 여러분도 화자와 함께 편지를 다시 한 번 읽어 보세요. 맞춤법 틀린 글자와 그대로 드러난 고향 사투리가 마치 귓전에 어머니 목소리가 울리는 듯한 효과를 냅니다. 어머니의 목소리에는 거친 세상을 헤쳐 나가야 하는 아들에 대한 안쓰러움과 염려가 진하게 담겨 있어요. 고생 끝에 좋은 일이 생길 것이라는 위로와, 세상을 원망하거나 절망하지 말고 더 힘든 사람들을 생각하며 겸손하게 이겨 내라는 지혜도 담겨 있고요.

정성껏 포장된 유자 아홉 개와 어머니의 육성이 고스란히 전해지는 편지. 그 앞에서 자식은 한없는 감사와 그리움, 그리고 죄송스러움을 느낍니다. 그리움에 시적 화자는 새벽까지 잠을 이루지 못하고 어머니가 계신 남향의 문밖을 내다보지요. 헤쳐 놓은 몇 겹의 종이와 유자를 어머니의 마음인 듯 매만지고 다시 보며 "무연히 콧등 시큰거려" 합니다.

「늦게 온 소포」에는 어머니를 떠올리게 하는 이미지가 많이 있어요. 서툰 글씨, 주름진 손마디, 울타리 없는 집, 빈 지붕, 오래된 장갑, 버선 한 짝, 해진 내의 등이 그것입니다. 그리고 이러한 이미지들은 마지막 연에서 하얀 눈발로 응결됩니다. 녹으며 내리는 눈에 하얗게 머리 센 어머니가 글썽글썽 눈물지으며 자식을 향해 손 흔드시는 모습이 겹칩니다.

우리가 늘 공기와 햇빛 속에 살면서도 그 고마움을 모르듯, 우리들을 낳고 길러 주신 어버이의 은혜를 평소에는 잊고 살 때가 많지요. 5월 8일 어버이날, 감사 편지라도 쓰려면 왜 그렇게 쑥스럽던지요.

장맛비가 계속돼야 햇빛의 소중함을 새삼 느끼듯, 부모님이 돌아가신 다음에야 그분들의 사랑을 뒤늦게 깨닫게 되는 것이 자식인지도 모르겠습니다.

그런데, 뒤늦게 후회할망정 청소년기에는 사랑, 감사보다는 서운함, 원망, 분노가 강합니다. 같이 저녁 먹을 시간도 부족할 만큼 바쁘고, 이혼율도 높고, 사회가 복잡해져 가족 형태도 다양한 현대 사회의 청소년들이 느끼는 혼란은 더 클 수밖에 없고요.

심리적으로 부모로부터 거리를 두었다가 어떻게 다시 돌아오느냐는 청소년기에 꼭 풀어야 할 숙제 가운데 하나입니다. 지금까지 여러분이 부모님께 느꼈던 감정을 모두 떠올려 보고, 지금의 감정이 정확히 무엇인지 생각하며 시를 한 편 더 읽어 봅시다.

어머니의 깊은 사랑을 긷다

간장독을 열다

김평엽

간장독 속에 어머니 들어가 있다
일곱 번씩 일흔 번을 달인 말씀 그득 채우고
물빛 고요히 누워있다

세상에서 다지고 다진 슬픔들

덩어리째 끌안고 사뭇 까맣게 숯물 되었다

손길 닿지 않는 깊이에서

덜 익은 상처 꾹꾹 눌러 매운 숨결 풀고 있다 씻고 있다

대바람 소리 밀물치는 뒤란

다소곳 가을 풍경 삭이는 어머니

세월 솔기마다 틀어낸 한숨, 그 위에

별빛 곱게 감침질하고 있다

칠십 년 우려낸 세월

욱신거리는 것 한 바가지 퍼내고

생의 보푸라기 갈앉히고 있다

구름 조용히 베고 누운, 다 저문 저녁

이제야 정수리의 부젓가락 뽑아내고

응달 되어버린, 어머니

세상에 단풍서리 저리 곱게 물드는데

검게 삭은 애간장, 그 맑은 수면 건너는

내 울음 찬송가 보다 싱겁다 가볍다

간장독을 열고 그 안을 들여다봅니다. 검은 액체가 햇빛을 받아 투명하게 빛나네요. 검고 투명한 그 액체는 "일곱 번씩 일흔 번을 달

인 말씀"이고, "칠십 년 우려낸 세월"이며, "검게 삭은 애간장"입니다. 그렇게 달이고, 우려내고, 삭혀서 만들어지는 것이 간장입니다. 그리고 이는 어머니의 삶이기도 합니다.

대개 집안에서 어머니는 관계의 중심입니다. 어머니는 시부모와 친정 부모, 남편과 자식들 사이에서 관계를 조율하지요. 그러나 모두의 중심에 있는 어머니는 정작 자신의 감정을 있는 그대로 드러내지 못합니다. 집안이 화목하기 위해서 여자의 희생과 인고를 강조했던 과거일수록, 또 가난한 시절일수록 더욱 심했습니다. 시에 드러난 어머니의 나이는 칠십 세, 일제 강점기에 태어나 6·25 전쟁과 산업화 시대를 거쳤으니 그 고생이야 더 말할 필요가 없겠지요. 애간장이 검게 삭을 정도로 참고 또 참으며 살아오셨을 겁니다. 한마디를 할 때에도 일흔 번씩 감정을 다스린 끝에야 겨우 꺼내셨던 어머니의 칠십 평생은 메주 우리듯 사랑과 고통, 상처와 희망을 우려낸 세월입니다. 시적 화자의 어머니를 통해 여러분의 어머니와 할머니가 살아오신 세월을 헤아려 보세요.

이제 간장을 좀 더 세밀히 살펴봅시다. 이는 곧 어머니의 삶을 더 깊이 이해하는 것이기도 합니다. 이 시에서 간장은 어머니와 마찬가지니까요.

깊은 맛을 내는 간장은 거저 만들어지지 않습니다. 우선 메주를 소금물에 삭히는데 이때 잡냄새를 없애고 감칠맛을 더하기 위해 숯과 말린 고추를 함께 넣습니다. "덩어리째 끌안고 사뭇 까맣게 숯물

되"는 것, "매운 숨결 풀고" 씻는다는 표현은 바로 말린 고추와 숯을 띄운 간장의 모습에서 나왔지요. 또 간장을 달이면서 불순물을 걷어내는 모습에서는 "한 바가지 퍼내고" "보푸라기 갈앉"힌다는 표현이 나왔습니다.

오랜 시간 소금물이 메주와 숯과 고추를 끌어안아 간장이 되었듯, 어머니는 살아오며 "다지고 다진 슬픔들을" "사뭇 까맣게 숯물"이 될 때까지 "덩어리째 끌안"아야 했습니다. 시집살이가 고될 때, 친정 부모님이 돌아가셨을 때, 남편이 실직했을 때, 자식들 입에 넣을 밥을 걱정해야 했을 때에도 불평 한마디, 눈물 한 방울 내색하지 못하고 꿋꿋이 어머니의 자리를 지켜야 했습니다. 행여 마음에 상처를 입었을 때에도 화를 내거나 누군가를 미워하기보다, 마음속 "매운 숨결"이 풀리고 씻길 때까지 그 상처를 삭히고 또 삭히지요. 그리하여 한 세상 지나오는 동안 욱신거리는 아픈 기억은 퍼내 버리고, 보푸라기처럼 이는 감정의 찌꺼기는 저 깊은 곳에 닿을 때까지 가라앉혔습니다. 그렇게 칠십 평생을 살아온 어머니가 닿은 인격의 깊이, 사랑의 깊이, 한(恨)의 깊이는 간장의 깊은 맛, 빛깔과 닮아 있습니다.

지금은 단풍이 서리를 맞아 곱게 물드는 시절, 대나무에 드는 바람 소리가 뒤란으로 밀물처럼 들이칩니다. 다소곳이 가을 풍경을 바라보던 어머니가 당신이 지나온 세월, 한숨짓고, 근심하고, 속울음 삼키던 세월을 한 땀 한 땀 뜯어보네요. '그래도 이만하면 남은 근심 없이 다 놓아두고 갈 만하다' 하시며 애쓰고 살아온 지난 세월을 별빛처럼 맑은 마음으로 "곱게 감침질"합니다. 이제야 부젓가락처럼 뜨겁게 박혀 있던 인생의 짐을 벗어 버리고 편하게, 조용히 구름을 베고 눕습니다.

이 시에서 간장독 속에는 어머니가 들어가 있습니다. 간장독에 든 간장이 어머니의 지나온 삶 같습니다.

더
읽어 볼
시집

『목련 전차』, 손택수, 창비, 2006

　1970년 전라남도 담양에서 태어난 뒤 부산에서 성장기를 보냈다. 경남 대학교 국문과를 졸업했고 2003년에 첫 시집『호랑이 발자국』을 낸 뒤 로 지금까지 3권의 시집을 냈다. 지금은 출판사인 실천문학사에 몸담고 있다.

손택수의 두 번째 시집인『목련 전차』에 실린 작품에는 고향인 강쟁리 마을에서 태어났을 무렵의 이야기들이 많다. 원시의 흙 내음과 농사짓 는 시골 할아버지 할머니의 옛이야기 소리, 동구 밖 느티나무 서걱이는 소리가 감각적으로 다가온다. 손택수는 젊은 시인임에도 독자들을 농경 의 기억과 살림살이 속으로 데려간다. 그의 시에서는 오리나무, 쥐똥나 무, 산뽕나무 위로 별들이 또록또록 소리를 내며 흐르고, 한겨울 감나무에 명태가 귀한 손님을 기다리며 매달려 있다. 입덧 때문에 시큼한 홍어를 몰래 삼키다 구역질을 하는 어머니가 있고, 할아버지는 땅에 지겟작대기로 'ㄱ'이라 쓰며 손주에게 글씨를 가르친다. 젊은 시인은 고향 마을을 인간과 자연이 순환하며 공존하는 화엄의 세계로 그려 냈다. 때론 서정적으로 때론 토속적으로 가끔은 익살스럽게 표현한 재래적 농경의 세계, 『목련 전차』에 올라 보자.

『늦게 온 소포』, 고두현, 민음사, 2000

1963년 경상남도 남해 금산에서 나고 자랐다. 경남대학교 국문과를 졸업하고 2000년에 첫 시집 『늦게 온 소포』를, 2005년에 두 번째 시집 『물미 해안에서 보내는 편지』를 펴냈다. 현재 한국경제신문사에서 논설위원으로 활동하고 있다.

시 쓰기만으로는 생활을 할 수 없기에 많은 시인들이 겸업을 한다. 저자, 교사, 교수, 출판사 편집자, 기자 등으로 일하며 시를 쓰는 것이다. 기자 생활을 하며 시를 쓴다는 것은 쉬운 일은 아닐 터다. 그래서일까, 시인도 등단 후 7년이 지나서야 첫 시집을 낼 수 있었다. 그런데 고두현 시인의 시에서는 도시인의 숨 가쁜 호흡을 느낄 수 없다. 오히려 옛 사람의 향취랄까 깊고 고즈넉한 숨결이 느껴진다. 오랫동안 옛 시를 읽고 소개해 온 시인의 내력 덕인 듯하다. 이 시집에서는 「해금에 기대어」, 「유배시

첩」연작과 같이 전통 지향의 고즈넉한 음성을 깊이 느낄 수 있는 작품들을 만날 수 있다.

사랑의 설렘과 기쁨 그리고 아픔

영원한 인생의 주제, 사랑

"사랑은 끝없는 신비이다. 그것을 설명할 수 있는 방법이 전혀 없기 때문이다."

— 라빈드라나트 타고르(Rabindranath Tagore, 1861~1941)

사랑, 언제 들어도 가슴 설레는 말입니다. 노래를 한 곡 들어도, 드라마를 봐도 사랑 때문에 기쁘고 아픈 사람들을 쉽게 만날 수 있지요. 위대한 문학 작품 가운데에도 사랑을 소재로 한 것이 얼마나 많은가요? 그만큼 사랑은 설명하기 힘든 강력한 힘으로 사람을 사로잡아 '너와 나의 경계'를 허물어 버립니다. 사랑에 빠진 존재는 그 대상을 향해 활짝 열리지요. 마치 꽃처럼 말이에요. 이토록 신비한 사랑의 힘은 인간에게 영원한 주제입니다.

사춘기가 되면 몸과 마음이 자연스럽게 이성을 향합니다. 내가 여성 또는 남성으로서 매력이 있는 존재인지 알고 싶고, 멋진 이성이 나를 좋아해 주기를 바라지요. 또 꼭 맞는 이성을 만나 사랑을 나누고 싶고, 그러면 어떤 느낌일까 자주 상상합니다. 사랑 속에서 태어나 사랑받으며 성장하고, 사랑하며 살아가려는 것은 인간의 근본적인 욕망 가운데 하나입니다.

여러분도 누군가를 마음에 담고 혼자 설레어 본 적 있나요? 혹시 지금 누군가를 사랑하고 있나요?

예전엔 미처 몰랐어요

김소월

봄가을 없이 밤마다 돋는 달도
    "예전엔 미처 몰랐어요."

이렇게 사무차게 그려울 줄도
    "예전엔 미처 몰랐어요."

달이 암만 밝아도 쳐다볼 줄을
"예전엔 미처 몰랐어요."

이제금 져 달이 설음인 줄은
"예전엔 미처 몰랐어요."

사랑에 빠지면 모든 것이 새롭게 보입니다. 사랑하는 대상을 향해
활짝 열린 가슴에 온갖 사물이 새롭게 들어오지요. 그 사람 때문에
별이 뜨고, 낙엽이 지고, 꽃이 피고, 구름이 흘러갑니다. 밤이면 떠오
르는 달에도 늘 무심하던 사람이 사랑에 빠지면 그 달을 올려다보게
됩니다. 그이도 이 달을 보고 있을까 떠올리고, 심지어 달에게 말을
걸기도 합니다. 사랑하는 순간, 누구든 시인이 되고 화가가 됩니다.

「예전엔 미처 몰랐어요」의 시적 화자 역시 예전에는 "봄가을 없이
밤마다" 달이 돋는 것을, 또 "달이 암만 밝아도 쳐다볼 줄을" 몰랐다
고 고백합니다. 사랑하기 전에는 주변의 모든 것에 감흥이 없었습니
다. 그러던 화자에게 달과 그리움, 그리고 설움이 날아온 것이죠.

사랑에 빠지면 넘치는 자신의 감정을 누구에게라도 털어놓고 싶
어집니다. 그립고, 외롭고, 그 사람의 눈빛 하나 말 한마디에 울고 웃
는 자신의 마음을 주체하기 어려워지죠. 모든 사랑 노래가 나를 위
한 것처럼 느껴지기도 하고, 온 우주가 그 사람과 나를 중심으로 도

는 것 같습니다. 그렇게 사랑하는 이가 곁에 없는 화자는 "이렇게 사무차게 그려울 줄도", "이제금 져 달이 설음인 줄"도 예전에는 미처 몰랐다고 고백하네요.

나도 남자(여자) 친구가 있으면 좋겠다 싶어서 가볍게 사귈 때와 달리 진짜 상대방이 좋아서 깊게 사귀게 되면, 여러분도 춘향(몽룡) 이처럼 진지해질지 몰라요. 춘향은 열여섯 살에 자신이 사랑하는 남자 몽룡을 잊을 수 없어 권력자인 변사또의 구애를 목숨까지 걸고 뿌리쳤지요. 원수 집안의 남자 로미오를 사랑해 결혼식을 올린 줄리엣도 우리 나이로 겨우 열다섯 살이었고요.

진정한 사랑에 대한 물음

즐거운 편지

황동규

1

내 그대를 생각함은 항상 그대가 앉아 있는 배경에서 해가 지고 바람이 부는 일처럼 사소한 일일 것이나 언젠가 그대가 한없이 괴로움 속을 헤매일 때에 오랫동안 전해오던 그 사소함으로 그대를 불러보리라.

2

　진실로 진실로 내가 그대를 사랑하는 까닭은 내 나의 사랑
을 한없이 잇닿은 그 기다림으로 바꾸어버린 데 있었다. 밤이
들면서 골짜기엔 눈이 퍼붓기 시작했다. 내 사랑도 어디쯤에선
반드시 그칠 것을 믿는다. 다만 그때 내 기다림의 자세를 생각
하는 것뿐이다. 그 동안에 눈이 그치고 꽃이 피어나고 낙엽이
떨어지고 또 눈이 퍼붓고 할 것을 믿는다.

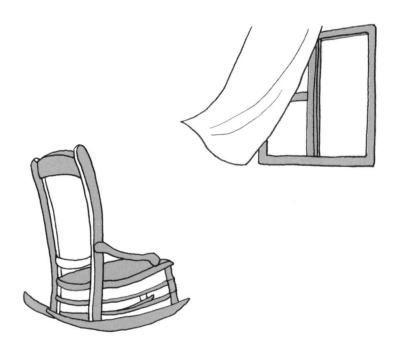

사랑을 하면 늘 그 사람에게로 마음이 갑니다. 지금은 무엇을 하고 있을까, 무엇을 보고 있을까, 무슨 생각을 할까, 혹시 자신을 이렇게 그리워하는 사람이 있다는 걸 알고 있을까…….해가 뜨고, 바람이 불고, 비가 내리고, 꽃이 지는 이 지구와 나를 떼어 낼 수 없듯, 연인에 대한 생각이 공기처럼 나를 감싸고 돕니다.

어떤 이성이 막 좋아지기 시작한 순간이 있었나요? 그 순간의 느낌을 생생히 떠올릴 수 있나요? 좋아하는 이성이 있어서 늘 그 아이에게 마음이 가는 경험을 해본 적이 있나요? 드라마 속 사랑을 볼 때 그 감정에 공감할 수 있나요?

사랑은 간절하게 감정을 고양시키는 일이지만, 그런 감정도 지나치게 과장하여 드러내면 울림이 적어집니다. 말에도 무게가 있어서 아무리 좋은 말도 지나치게 자주 하다 보면 가볍게 느껴지기 마련이지요. 그래서 시인은 자신의 사랑을 애써 "사소한 일"이라고 표현했습니다. 화자는 "해가 지고 바람이 부는 일이 그대 주변에서 끊임없이 일어나는 일이듯, 내 마음은 늘 당신 주변을 맴돌고 있다. 하지만 이 감정을 절대적인 것으로 강요하고 싶지는 않다." 이런 말을 하고 싶어 하는 것 같습니다.

「즐거운 편지」는 황동규 시인이 1958년에 발표한 등단작이에요. 그런데 갓 스물을 넘긴 청년이 왜 로미오처럼 창가에 다가가 열정적인 세레나데를 부르지 않고, 한 걸음 물러나 담담한 어조로 편지를 썼을까요?

시 저편에 시의 대상인 청자의 모습이 보입니다. 그는 편지를 보낸 화자의 감정을 일상 속 풍경처럼 사소하게 받아들이고 있네요. 그러기에 화자도 바짝 다가서기보다는, 자신의 사랑이 이 세상 청춘들이 경험하는 수많은 사랑 가운데 하나에 지나지 않는다며 스스로를 다독입니다. 이렇듯 화자는 사랑을 겸손하게 고백함으로써, 감정을 과장하는 것보다 더욱 진실하게 감정을 전달할 수 있습니다.

'나'의 감정은 자기도취가 아니라 상대를 향해 헌신하는 마음입니다. 이는 "언젠가 그대가 한없이 괴로움 속을 헤매일 때에" 그대를 불러 보겠다는 표현에 잘 드러나 있어요. 그대를 생각하며 그대의 배경에 머무르다가, 누군가 곁에 있어 줄 사람이 필요할 때 다가가겠다는 의지가 상대방으로 하여금 신뢰를 갖게 하지요. 자신의 진지한 사랑을 담담한 상자에 담아 선물처럼 건넵니다. 그래서 이 시의 제목도 '즐거운 편지'입니다.

2연은 그대를 기다림으로써 자신의 사랑을 정련하겠다는 고백으로 시작됩니다. 밤이 되면서 눈이 퍼붓는군요. 조용히 그러나 쉬이 끝나지 않을 기세로 내리는 눈처럼 그대에 대한 나의 사랑도 깊어 갑니다. 그러나 이 사랑도 눈이 그치듯 언젠가는 멈출 것입니다. 마치 감정에 빠져 떠내려가는 것을 막으려는 듯 세련된 자세네요. 자신의 감정이 영원하고 유일하다며 목소리를 높이지 않고, 한발 물러남으로써 상대성을 부여하지요.

사랑에 빠졌을 때는 이 사람이 없으면 죽을 것 같다는 느낌이 듭니다. 하지만 한 사랑이 끝나면 또 다른 사랑이 찾아옵니다. 쉬이 그치지 않을 것 같은 눈도 언젠가는 멈추듯, 사랑에도 끝이 있죠. 내가 사랑하는 이를 통해 우주를 보았듯이, 그 사람 또한 나를 통해 새롭게 열리는 생의 신비를 볼 수 있어야 합니다. 내가 사랑한다고 해서 그 사람이 나만 바라보도록 강요하는 것은 배려하는 자세가 아니지요.

이성 친구를 사귈 때, 여러분의 감정은 우정에 가까운가요, 사랑에 가까운가요? 진정한 사랑이란 무엇일까 진지하게 생각해 본 적 있나요? 서로를 구속하는 것이 아니라 마음을 열고 서로를 깊이 알아가며, 서로에게 좋은 자극이 되어 주는 것, 사랑하는 사람을 위해 줄 수 있는 최고의 선물이겠지요.

그런데 이렇게만 끝냈으면 자칫 소극적인 연애편지가 될 수도 있었을 터, 다행히 마지막 행에 아름다운 응축이 기다리고 있네요. 언젠가는 그칠 사랑이지만, 눈이 그친 뒤 꽃이 피어나고 낙엽이 떨어져도 또다시 눈이 퍼붓듯 자신의 사랑은 오래오래 계속될 것이라고 시적 화자는 말합니다.

눈은 얼마나 오랫동안 퍼부을까요? 화자의 사랑은 얼마나 오래 '그대'의 주변을 해와 달이 되어 맴돌게 될까요? 자신의 사랑을 '사소함'으로, '언젠가는 그칠 것'으로 표현해서 그런지 오히려 상대방을 생각하는 그의 마음이 더욱 간절하게 느껴집니다. 사랑에 대한 그의 외침은 세련된 반어법입니다.

김소월 시인의 시 「먼 후일」이 생각나네요. 나를 떠난 당신이 언젠가 나를 찾으면 '잊었노라.' 하고 답하겠다는 시. 그런데 그렇게 대답할 수 있는 날은 어제도 오늘도 아닌 '먼 후일'이라는 시입니다. 결국 당신을 잊었다는 대답 속에는 절대로 잊지 못하겠다는 마음이 담겨 있는 것이죠. 잊었다는 표면적인 말 뒤에 반어적으로 깊은 사랑의 감정을 숨기고 있는「먼 후일」과 비슷한 표현법을 쓰고 있지요.

모든 것을 바꾸는 사랑의 힘

여러분도 사랑하는 사람이 느낄 만한 감정을 서술어로 최대한 다양하게 적어 보세요.

"두근거리다, 설레다, 떨리다, 기다리다, 실망하다, 기뻐하다, 질투하다, 외로워하다, 그리워하다, 슬퍼하다, 아파하다, 서운해하다, 고마워하다, 미워하다……."

사랑을 소재로 한 시나 소설을 읽으며 감정 서술어를 최대한 많이 찾아서 적어 보는 것도 의미 있을 것입니다. 문학 작품을 읽으면 사람의 다양한 감정을 더욱 생생하게 느낄 수 있습니다. 그만큼 인간의 삶을 이해하는 폭이 넓고 깊어지죠.

저에게도 첫사랑이 있습니다. 중학교 3학년 때 전근 온 국어 선생님을 몰래 좋아했지요. 크지도 작지도 않은 키에 호리호리한 몸매, 우수 어린 분위기가 인상적인 분이었어요. 쉬는 시간이면 혹시 복도에서 마주치지 않을까 괜히 어슬렁거리다가 교무실에 앉아 계신 모습을 창문으로 엿보곤 했던 기억이 납니다. 직접 수업을 들은 적이 없기에, 목소리와 눈매, 서글서글한 웃음을 한 번이라도 더 보고 싶어서 얼마나 애면글면했는지요.

급기야 수요일이면 제일 예쁜 옷을 차려입고 장미를 한 송이 사서 누구보다도 일찍 학교에 갔습니다. 아무도 없는 교무실에 몰래 들어가 선생님 책상에 꽂아 놓기 위해서였죠. 그 당시 「수요일에는 빨간 장미를」이라는 노래가 인기를 끌었거든요. 장미를 사러 걸어가는 길에 손바닥 안에서 부끄럽게 숨 쉬던 오백 원짜리 동전의 느낌이 생생하네요. 꽃이 시들어 버려지는 것이 싫어서 토요일이면 다시 몰래 교무실에 들어가 꽃을 집어 왔고, 그 꽃을 옷장 서랍에 모아 둘 정도로 열여섯 살 소녀는 진지했습니다. 가슴속에서 꽃이 비밀스럽게 피어나는 것 같았고, 나만의 성역이 생긴 것처럼 버스를 타고 지날 때면 숨도 쉬지 않고 중학교 운동장을 바라보곤 했습니다.

여러분도 누군가를 그리워해 본 적 있나요? 만나지 못하는 설움에 물끄러미 창밖을 오래오래 내다본 적 있나요? 누군가를 기다리며 만나기로 한 장소에서 한 땀 한 땀 시간을 수놓아 본 적은요? 여기 사랑하는 이를 기다리며 문소리에 귀 기울이는 이가 있습니다.

너를 기다리는 동안

황지우

네가 오기로 한 그 자리에

내가 미리 가 너를 기다리는 동안

다가오는 모든 발자국은

내 가슴에 쿵쿵거린다

바스락거리는 나뭇잎 하나도 다 내게 온다

기다려본 적이 있는 사람은 안다

세상에서 기다리는 일처럼 가슴 애리는 일 있을까

네가 오기로 한 그 자리, 내가 미리 와 있는 이곳에서

문을 열고 들어오는 모든 사람이

너였다가

너였다가, 너일 것이었다가

다시 문이 닫힌다

사랑하는 이여

오지 않는 너를 기다리며

마침내 나는 너에게 간다

아주 먼데서 나는 너에게 가고

아주 오랜 세월을 다하여 너는 지금 오고 있다

아주 먼데서 지금도 천천히 오고 있는 너를

너를 기다리는 동안 나도 가고 있다

남들이 열고 들어오는 문을 통해

내 가슴에 쿵쿵거리는 모든 발자국 따라

너를 기다리는 동안 나는 너에게 가고 있다.

사랑하는 이를 기다리는 찻집이 떠오릅니다. 지금 '나'의 신경은 온통 사랑하는 '너'에게로 향합니다. 발소리를 들을 때마다 너인가 싶어 가슴이 절로 뛰고, 나뭇잎 바스락거리는 소리도 너의 인기척인 것 같아 심장이 두근거립니다.

누군가를 간절히 기다리다 보면 나지 않은 소리도 들은 것처럼 착각할 때가 있습니다. 여러분은 어떤가요? 울리지 않은 전화벨 소리를 들은 것처럼 느껴 본 적이 있나요? 괜히 문자 메시지를 확인하고, 편지를 기다리며 이메일을 확인한 적은 없나요?

휴대전화도 이메일도 없었던 시절, 좋아하는 사람에게 편지를 보내 놓고 하루에도 몇 번씩 우체통을 열어 보았던 기억이 있습니다. 사랑하는 사람의 소식을 기다리는 시간은 길고 깁니다. 아프고, 그립고, 서운하고, 슬프지요. 그때 사랑하는 사람은 세상 전부가 되고, 세상의 모든 의미가 됩니다. 시인도 사랑하는 사람을 "기다리는 일처럼 가슴 애리는 일"도 없다고 이야기합니다.

모든 발소리, 심지어 나뭇잎 바스락거리는 소리에까지 온통 마음이 쏠리는 나는 문소리가 날 때마다 한순간 숨이 멎습니다. 문이 열릴 때마다 "너였다가 / 너였다가, 너일 것이었다가" 기다림은 실망으로 바뀌고, 문은 닫히고 맙니다. 결국 기대에 들떴던 마음도 실망으로 닫히고 말겠지요.

마침내 나는 가슴 아린 기다림과 쓸쓸함을 적극적인 '다가섬'으로 바꾸어 냅니다. 너에게 더 가까운 존재가 되고 싶은 나는 "아주 먼 데서" 한 발짝씩 다가갑니다. 그렇다면 왜 하필 아주 먼 데서부터 천천히 다가가는 걸까요? 여기에는 외로움, 안타까움, 조심스러움, 시간을 쏟으며 정성을 기울임, 이런 감정이 뒤에 숨겨져 있습니다. 지금 나와 너의 심리적 거리가 멀다는 뜻이기도 하고, 가까이 가고 싶은 나의 열망이 너무나 커서 둘 사이의 거리가 멀게 느껴지는 것일 수도 있습니다. 또 너무나 소중한 사람이기에 조심스럽게 정성을 기울여 한 발 한 발 내딛겠다는 의지로 해석할 수도 있고요.

지금 나는 너에게 말을 걸고, 너에게 편지를 쓰며, 너의 주변을 맴돕니다. 그 누구보다 너를 잘 알고 싶은 나, 또 다른 '너'가 되고 싶은 나는 응답을 기다리며 걸어갑니다. 그렇게 하다 보면 언젠가 너는 "아주 오랜 세월을 다하여" 나에게 올 것입니다. 달이 지구에게 이끌리듯, 아주 먼 데서 너의 주변을 맴돌던 나의 자장(磁場) 안에, 드디어 '너'가 들어와 함께 흐를 것입니다.

더
읽어 볼
시집

『진달래꽃』, 김소월, 휴먼앤북스, 2011

김소월은 1902년 평안북도 구성군 외가에서 비교적 유복한 집안의 장남으로 태어났다. 그러나 일본인의 행패로 아버지가 일찍 돌아가시면서 가세가 급격히 기울어 시대적으로도 개인적으로도 불우한 환경에서 성장했다. 자란 곳은 외가 근처인 정주인데 시 '진달래꽃'의 무대가 된 곳이 바로 이곳이다. 정주 근처 영변에 약산이 있었는데 그 산이 진달래꽃으로 유명했던 것이다.

김소월은 1917년 오산학교에 입학해 그곳에서 스승 김억을 만나 시를 쓰게 되었고, 1920년부터 본명 정식 대신 소월이라는 필명으로 시를 발표했다. 3·1 운동에 참여하면서 오산학교를 졸업하지 못하고 서울 배재고등보통학교를 거쳐 일본에 잠깐 유학했으나 1년도 못 되어 고향 정주로 돌아온다. 1925년, 첫 시집이자 그가 남긴 유일한 시집인『진달래꽃』을 간행한다. 모두 126편의 시가 여기에 실려 있었는데 그중 70편을 골라 실었다. 김소월은 첫 시집을 낸 후로 간간이 시를 더 발표하다가 1934년 서른셋의 나이에 세상을 버렸다.

김소월의 시에는 외로움과 슬픔이 애절하게 담겨 있다. 김소월 시의 화자에게 그나마 위안을 주는 것은 언제나 풀, 냇물, 눈 따위 말없는 자연물이다. 그의 개인적 외로움은 민족 전체가 집을 잃었던 시대를 울렸고, 90년을 뛰어 넘어 현대인의 가슴까지 파고든다. 누구나 살면서 한 번쯤은 느꼈을 서러움의 현을 간결하면서도 절절하게 울려 주기 때문이다.

📖『삶을 살아낸다는 건』, 황동규, 휴먼앤북스, 2010

1938년 서울에서 태어났고 서울대학교 영문과를 졸업했다. 1961년 첫 시집『어떤 개인 날』이후로 15권의 시집을 냈다. 이 시집은 14권의 시집에서 고른 70편의 시를 묶은 것이다.

황동규는 1958년, 그의 나이 21세 때『현대문학』에 시를 발표하면서 데뷔했다. 그때 발표한 시가 앞글에 인용된 '즐거운 편지'다. 숱한 연애편지에 등장했을 시, 한국 연애시의 대표격으로 널리 애송되는 '즐거운 편지'는 시인이 고3 때 짝사랑하던 연상의 여대생에게 바친 시라고 한다.

황동규의 사랑시에서는 날렵함이 느껴진다.「조그만 사랑 노래」,「쩅

한 사랑 노래」 등에서 그는 감정을 세련된 언어로 멋지게 정련하는 솜씨를 발휘한다. 50년 넘게 시를 쓰면서 황동규는 계속 변화를 시도해 왔는데 「풍장(風葬)」 연작이나 「퇴원 날 저녁」 등의 시에서 삶에 대한 사유가 어떻게 깊어져 왔는지 확인할 수 있다.

『새들도 세상을 뜨는구나』, 황지우, 문학과지성사, 1983

　1952년 전라남도 해남에서 태어났다. 서울대학교 미학과에 입학하여 문학회 활동을 했다. 1973년 유신 반대 시위를 하다 강제로 군에 입영했다. 1983년 펴낸 첫 시집 『새들도 세상을 뜨는구나』는 기호, 만화, 사진, 다양한 서체 등을 사용해 전통적 시 형태를 파괴했다. 이로써 풍자시의 지평을 열었다는 평가를 받으며 김수영문학상을 수상했다. 그 뒤로 『겨울—나무로부터 봄—나무에로』, 『어느 날 나는 흐린 주점에 앉아 있을 거다』 등 모두 6권의 시집을 냈다.

　1980년대 민주화 시대를 살아온 지식인으로서 사회의 환부를 드러내거나, 자신의 욕망을 직시할 때 황지우는 철저하게 대상의 맨 얼굴을 드러내는 방식을 취한다. 연극적 기법을 도입한 「새들도 세상을 뜨는구나」나 익숙한 시의 형식을 파괴하고 신문 기사를 그대로 오려 낸 듯한 「심인」, 연보 형식을 차용한 「활엽수림에서」 등을 찾아 읽으며, 충격적인 방법을 통해 진실을 마주 보게 하는 황지우 시의 새로움을 만나 보자.

3

시련을 이겨 내기

상실_ 삶, 사람, 생명과 이별할 때

박목월, 「하관(下棺)」· 이문재, 「기념식수」· 고정희, 「수의를 입히며」

가난_ 가난에 대처하는 우리의 자세

박재삼, 「추억에서 1」· 정희성, 「눈을 퍼내며」· 이시영, 「후꾸도」

동경_ 가슴 뛰는 삶으로 난 비밀스런 오솔길

김영랑, 「모란이 피기까지는」· 한용운, 「알 수 없어요」· 박용래, 「가을의 노래」

삶, 사람, 생명과 이별할 때

죽음이라는 절대 단절 앞에서

사랑하는 사람을 다시 볼 수 없다는 것은 엄청난 고통을 줍니다. 특히 어머니나 아버지, 형제 등 가까운 사람이 떠나간 경우, 가족 전체가 함께 고통에 빠지기 때문에 나의 슬픔은 기댈 곳을 잃고 허공을 떠돌게 됩니다. 사는 동안 이런 고통을 피할 수 있다면야 좋겠지만, 죽음은 누구도 피할 수 없는 운명이기에 영원한 이별에 대처하는 지혜가 필요합니다.

키우던 강아지나 고양이의 죽음, 혹은 가까웠던 친구의 죽음도 그 충격과 고통은 결코 작지 않습니다. 아직 한 번도 누군가의 죽음을 경험해 보지 못했거나 죽음에 이를 만한 사고를 겪지 않았다면

'죽음'을 통해 '살아 있다'는 의미를 강렬하게 느껴 보지 못했을 것입니다.

죽음이란 "보고 싶다, 사랑한다, 그립다" 그 한마디를 전할 수 없는 완벽한 단절을 뜻합니다. 그렇기에 사랑하는 사람이 죽는다는 것은 커다란 상실감을 불러오지요. 여기, 죽음이 갈라놓은 단절감을 아주 생생하게 담아 낸 시가 있습니다.

하관(下棺)
박목월

관(棺)이 내렸다.
깊은 가슴 안에 밧줄로 달아 내리듯
주여
용납(容納)하옵소서
머리맡에 성경(聖經)을 얹어주고
나는 옷자락에 흙을 받아
좌르르 하직(下直)했다.

*

그후로

그를 꿈에서 만났다.

턱이 긴 얼굴이 나를 알아보고

형(兄)님!

불렀다.

오오냐 나는 전신(全身)으로 대답했다.

그래도 그는 못 들었으리라

이제

네 음성(音聲)을

나만 듣는 여기는 눈과 비가 오는 세상.

*

너는

어디로 갔느냐

그 어질고 안쓰럽고 다정한 눈짓을 하고

형님!

부르는 목소리는 들리는데

내 목소리는 미치지 못하는

다만 여기는

열매가 떨어지면

툭하는 소리가 들리는 세상.

"관이 내렸다." 간결하면서도 견고한 첫 문장이 시의 문을 엽니다. 죽음을 독자의 눈앞에 바짝 끌어다 놓습니다. 죽은 동생이 잠든 관이 구덩이 아래로 내려지고, 시적 화자는 그 위로 흙을 뿌리며 동생에게 영원한 이별을 고합니다. "좌르르 하직했다."라는 문장을 읽는 순간, 관 위로 흙이 떨어지는 소리가 텅 빈 하늘로 퍼져 올랐다가 읽는 이의 가슴으로 툭 떨어지네요.

며칠 뒤 화자는 꿈에서 동생을 봅니다. "형님!" 하고 부르는 소리에, "오오냐" 하고 전신으로 대답하지요. 그립던 동생을 꿈에서 보고 온몸으로 반응하는 시적 화자의 마음이 절절히 느껴집니다. 허나 동생은 죽은 자의 세계, 화자는 산 자의 세계, 둘은 서로 만질 수도 대화할 수도 없이 갈라져 있습니다. 죽은 동생의 음성을 마음으로나마 듣는 이곳은 오늘도 눈 내리고 비가 오는, 외롭고 험난한 세상이네요.

어질고 다정한 눈빛을 가진 동생, 그 동생의 마지막 눈을 안쓰럽게 기억하는 화자는 생전에 동생이 "형님!" 하고 부르던 소리를 지금도 생생히 듣는 듯합니다. 하지만 꽃이 지고, 낙엽이 떨어지고, 열매가 떨어지는 이곳은 쉬지 않고 생명이 태어나고 죽는 곳. 죽어 가는 것들이 '툭' 하고 소리를 내며 떨어지는 이승입니다.

여러분 삶에도 이와 같은 장면이 있었나요? 꿈속에 몹시도 그리웠던 얼굴이 찾아왔던 일이나, 그에게 말을 걸어 보고 싶었던 자신의 심정을 떠올려 봅니다. 무엇으로도 메울 수 없는 저곳과 이곳의 거리, 그 절대 거리가 나에게 어떤 흔적을 남겼는지, 어떤 의미로 다가오는지 가만히 명상해 보세요. 그리고 눈을 떠 다음 시를 감상해 봅시다.

영원한 이별의 슬픔을 건너

기념식수

이문재

형수가 죽었다
나는 그 아이들을 데리고 감자를 구워 소풍을 간다
며칠 전에 내린 비로 개구리들은 땅의 얇은
천정을 열고 작년의 땅 위를 지나고 있다
아이들은 아직 그 사실을 모르고 있으므로
교외선 유리창에 좋아라고 매달려 있다
나무들이 가지마다 가장 넓은 나뭇잎을 준비하러
분주하게 오르내린다
영혼은 온몸을 떠나 모래내 하늘을

출렁이고 출렁거리고 그 맑은 영혼의 갈피

갈피에서 삼월의 햇빛은 굴러 떨어진다

아이들과 감자를 구워 먹으며 나는 일부러

어린왕자의 이야기며 안델센의 추운 바다며

모래사막에 사는 들개의 한살이를 말해 주었지만

너희들이 이 산자락 그 뿌리까지 뒤져본다 하여도

이 오후의 보물찾기는

또한 저문 강물을 건너야 하는 귀가길은

무슨 음악으로 어루만져 주어야 하는가

형수가 죽었다

아이들은 너무 크다고 마다 했지만

나는 너희 엄마를 닮은 은수원사시나무* 한 그루를

너희들이 노래부르며

파놓은 푸른 구덩이에 묻는다

교외선의 끝 철길은 햇빛

철철 흘러넘치는 구릉지대를 지나 노을로 이어지고

내 눈물 반대쪽으로

날개도 흔들지 않고 날아가는 것은

무한정 날아가고 있는 것은

---

* 은수원사시나무 은백양나무와 수원사시나무의 교배 잡종.

첫 문장은 범상치 않은 상황을, 내뱉듯 직설적으로 제시합니다. 충격으로 무슨 말을 해야 할지 모르겠는 시적 화자의 마음, 막막한 슬픔과 답답함을 느낄 수 있습니다. 정반대로 담담하다는 해석도 가능하네요. 읽는 이의 감정에 따라 전혀 다르게 다가오는 문장입니다. 여러분은 어떤 느낌이 드나요?

시적 화자는 엄마 잃은 조카들을 데리고 소풍을 나섭니다. "교외선 유리창에 좋아라고 매달려 있"는 아이들의 모습은 슬픈 상황에 어울리지 않게 천진하고 무구합니다. 그래서 더 슬프게 느껴지지요. 시 속의 어린아이들에게 시선을 투영하면 시를 한층 더 깊게 감상할 수 있습니다. 어머니가 세상을 떠난 줄도 모르는 '나'를, 작은아버지가 데리고 소풍을 가는 거예요. '나'는 해맑게 웃으며 창밖을 구경합니다. 어떤가요. 시에서 '아이들'을 바라보는 시인의 마음이 느껴지나요?

3월, 나무들은 봄을 맞아 새순을 피워 올리려는 준비가 한창입니다. 누군가 죽어도 그의 아이들이 자라나 세상을 이어 가듯, 겨우내 죽은 듯했던 나무에 봄이 찾아오니 모든 것이 다시 살아나네요. 펄펄 되살아나는 나무들이 어린 자식을 두고 죽어 버린 형수와 대비되지요. 나무를 바라보고 있자니 소멸과 생성의 영원한 순환 고리가 보이며 자연의 섭리가 신비하게 다가옵니다. 동시에 이미 우리 곁을 떠나간 사람들과, 앞으로 죽음을 맞이하게 될 우리 모습이 떠오르며 쓸쓸한 느낌이 들기도 합니다.

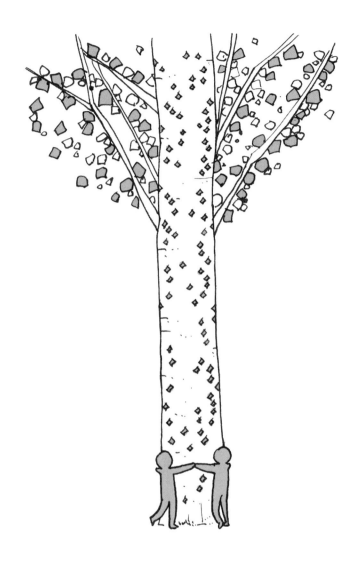

화자는 주위에 가득한 햇빛으로 눈을 돌립니다. 맑았던 심성의 형수가 햇빛을 갈피갈피 풀어 보내는 것 같은 착각이 듭니다. 쏟아지는 투명한 햇살에 화자는 그렇게 문득 죽은 이의 영혼을 느낍니다.

무거운 슬픔과 조카들에 대한 안쓰러움, 책임감을 느끼는 화자는 감자를 구워 먹으며 아이들에게 일부러 짤막한 동화들을 들려줍니다. 모든 생명은 죽는다는 것, 그렇기에 네 어머니의 죽음도 섭리라는 것을 언젠가 아이들이 깊은 슬픔과 의문에 빠졌을 때 떠올리게 하고 싶은 마음일 것입니다. 그 무엇으로도 아이들 앞에 놓인 슬픔과 그리움의 길, 엄마 없이 성장해야 하는 고독한 운명을 대신할 수는 없겠지만요.

"형수가 죽었다"는 언명*이 두 번째로 나옵니다. 그리고 이곳을 찾은 이유가 구체적으로 밝혀지지요. 바로 죽은 형수를 닮은 맑은 나무 한 그루를 조카들과 함께 심고 싶었던 것입니다. 철모르는 아이들은 노래를 부르며 구덩이를 파고, 그 구덩이에 나무를 심습니다. 자라면서 앞으로 엄마가 그리울 때마다 찾아와 어루만질 나무입니다. 이 나무는 푸르게 자라겠지요. 자라서, 어린것들이 엄마 없는 슬픔을 느낄 때, 왜 내게 이런 일이 생겼을까 자신만 힘든 것 같아서 화가 날 때, 자기 마음을 위로받고 싶은데 주위에 사람이 없어 한없이 외로울 때 작은 그늘을 펼쳐 줄 겁니다.

지금 시적 화자는 조카들을 위해 일종의 애도 의식을 거행하고 있습니다. 엄마의 죽음을 느끼는 순간 상처받을 조카들을 위해, 엄마를 기억하고, 엄마에게 하고픈 말을 하며 그리움을 달래고 떠나 보낼

---

* 언명 말이나 글로써 의사나 태도를 똑똑히 나타냄.

공간을 마련해 주는 것이지요. 슬픔도 맺히면 병이 되기에, 감정을 정화하여 죽음을 삶의 일부로 받아들일 수 있도록 슬픔의 강을 건널 작은 징검다리를 마련해 주고 있습니다. 우리가 상실감으로 몸부림칠 때, 누가 이런 징검돌을 놓아 줄 수 있을까요? 가족을 잃은 슬픔에 빠진 누군가를 위해 이 같은 애도의 공간을 마련해 주고, 깊은 슬픔을 함께 버텨 줄 사랑이 우리 안에도 있을까요?

화자는 형수를 묻고 난 후 마음에도 나무를 심고, 형수의 재생을, 형수의 혼령과 조카들의 만남을 꿈꿉니다. 쉽지 않은 운명을 짐으로 지게 된 아이들에 대한 위무˚의 마음을 은수원사시나무 한 그루에 담습니다. 어느 결에 눈물이 흐르고, 할 일을 다 마친 화자는 형수의 자취를 느낍니다. 무한정 날아가는 바람과 햇빛에서 아련히 영원의 숨결을 느낍니다.

이제 어머니를 잃은 슬픔과 죄스러움을 표현한 다른 시를 만나 봅시다.

＊ 위무 위로하고 어루만져 달램.

수의를 입히며

고정희

논두렁 밭두렁에 비지땀을 쏟으시고

씨앗 여물 때마다 혼을 불어넣으시어

구릿빛 가죽만 남으신 어머니,

바람개비처럼 가벼운 줄 알았더니

어머니 지신 짐이 이리 무겁다니요

날아갈 듯 누우신 오척 단신에

이리 무거운 짐 벗어놓고 떠나시다니요

이 짐을 지고 버티신 세월

억장이 무너지고 넋장이 부서집니다

구멍이란 구멍에 목숨 들이대시고

바람이란 바람에 맨가슴 비비시어

팔남매 하늘을 떠받치신 어머니,

당신 칠십 평생 동안의 삶의 무게가

마지막 잡은 손에 전류처럼 흐릅니다

당신 칠십 평생 동안에 열린 산과 들의 숨소리가

마지막 포옹에 화인*처럼 박힙니다

얘야, 나는 이제 너의 담벼락이 아니다

나는 네가 머물 반석이 아니다

흘러라

내가 놓은 징검다리 밟고 가거라

뒤돌아보는 것은 길이 아니여

다만 단정하게 눈감으신 어머니

아흐,

우리 살아 생전 허물과 죄악을

당신 품 속에 슬몃 밀어넣고

베옷 한 벌로 가리워드립니다

그래도 마다 않고 길 뜨시는

어머니……

어머니는 생전에 일을 많이 하셨습니다. 시적 화자의 어머니는 오랜 농사일에 몸이 구릿빛입니다. 여러분의 어머니는 어떤가요? 주름이 늘고, 여기저기 아픈 곳이 늘고……. 어떨 때 여러분은 '어머니가 고생을 많이 하셨구나.' 하고 생각하나요?

---

* 화인 불도장.

화자는 지금껏 고생하신 어머니에게 안쓰러움과 죄스러움을 느낍니다. 몸을 깨끗이 씻기고 수의로 갈아입히며 마지막으로 만져 본 어머니의 몸. 구릿빛 가죽만 남았지만 뜻밖에도 무거운 어머니 몸을 느끼며 '이것이 어머니가 평생 져온 삶의 무게였구나.' 하고 느낍니다.

이 시의 화자처럼 사람들은 가족이나 가까운 친구를 잃었을 때 죄책감에 빠지기도 합니다. 살아 있을 때 그 사람에게 잘못했던 일들이 떠오르면서, 심할 경우 상대의 죽음을 자신의 탓으로 돌리기도 합니다. 그런데 이 시의 화자는 고생만 하다 돌아가신 어머니에 대한 죄스러운 마음을 커다란 감사의 마음으로 바꾸어 냅니다.

자식들에게 젖을 먹이고 밥을 주시며 그렇게 생명을 불어넣어 주신 분, 가난하던 시절 팔 남매를 키우며 온갖 세파와 찬바람을 홀로 감당하신 분, 우리 머리 위 하늘을 들어 올려 세상에서 기 펴고 살게 하신 분, 어머니. 수의를 갈아입히며 마지막으로 손을 잡았을 때, 그런 어머니의 삶의 무게가 전류처럼 화자에게 전해집니다. 마음이 너무 아프면 가슴속에 찌르르 통증이 흐르는 것 같을 때가 있지요. 지금 화자가 그렇습니다.

시적 화자는 어머니의 육성을 환청처럼 듣습니다. 이제 어머니가 가고 없으시다는 생각, 기댈 곳 없는 고아처럼 절절한 슬픔에 빠진 화자에게 어머니가 말씀하십니다.

"흘러라 / 내가 놓은 징검다리 밟고 가거라 / 뒤돌아보는 것은 길이 아니여"

어머니라면 이런 마음으로 지금 나를 지켜보고 계실 거라는 화자의 생각이기도 합니다.

　단정하게 눈 감으신 어머니의 육신을 마지막으로 대하며, 화자는 이제 슬픔을 넘어 어떤 숭고한 감정을 느낍니다. 어머니께서 자식들의 실수와 어리석음을 모두 다 용서하고, 그렇게 자신들의 죄까지 속죄하여 주시고 떠났다는 생각을 합니다. 어머니 칠십 평생의 크나큰 사랑과 희생의 정신 속에서 자신의 영혼마저 정화된 듯, 새롭게 살아가리라 다짐합니다.

　동생과 형수와 어머니를 잃고 쓴 세 편의 시를 읽으며, 죽음은 '삶의 완성'이라는 생각을 해봅니다. 사랑하는 사람과 죽음으로 헤어지는 일은 분명 엄청난 고통이지만, 그 고통을 극복하는 과정을 통해 우리는 삶과 사랑을 더욱 깊이 이해하게 되니까요.

　은수원사시나무 그늘을 드리우며 영원히 어린 자식들의 마음자리를 돌보아 줄「기념식수」의 어머니를 떠올려 보세요. 칠십 평생을 마감하며 딸에게 숭고한 사랑과 삶의 자세를 온몸으로 전하고, 더 크게 걸어가라 격려하는 어머니도 마음속에 새겨 보세요. 그리고 여러분 곁에 있는 소중한 사람과 자신의 곁을 떠난 사람을 떠올려 보세요. 무엇보다 지금 이 순간, 자신이 살아 있음을 느껴 보세요. 죽음을 느끼는 순간 그 어느 때보다도 생생하게 삶을 느낄 수 있으니까요. 눈을 뜨고 죽음에 대한 생각과 느낌을 글로 표현해 보세요. 그것은 여러분 삶의 소중한 시 한 편이 될 것입니다.

더
읽어 볼
시집

『박목월』, 박목월, 문학사상, 2007

박목월은 본명이 영종이며 1916년 경상북도 경주에서 태어났다. 어릴 적에 서당에서 한문을 공부하고 1930년 대구 계성중학교에 입학, 독서와 습작을 했다. 중학교 재학 시절인 1932년에 이미 동요, 동시를 잡지에 발표하였고 동요 시인으로 먼저 등단했다. 동요 「송아지」도 박목월의 작품이다. 1940년 정지용의 추천으로『문장』을 통해 시인으로 등단하였고, 1946년 박두진, 조지훈과 함께 공동 시집『청록집』을 간행하였다. 우리말과 글 사용이 아예 차단당했던 일제 말기, 현대 시사의 공백을 메워 준 의미 있는 시집이다. 1955년 개인 시집『산도화』를 낸 뒤로 4권의 시집과 동시집을 여러 권 펴냈다. 1947년부터 계성고, 이화여고 교사로 일하다 1959년부터 은퇴할 때까지 한양대학교 국문과에서 교수로 봉직하였다. 1978년, 그의 나이 63세 때 고혈압으로 영면했다.

박목월 시는 간결하다. 서술어를 최대한 배제한 채 뭇사람의 발길이 닿지 않는 외딴 자연의 아름다움을 신비롭게 그려 낸 시들은 이 세상을 떠난 선계(仙界)를 지향한다. 초기 시의 그러한 경향은 중년에 이르러 큰 변화를 맞아 가족이나 생활에 대한 애착, 죽음과 영원의 세계에 대한 탐구까지 폭넓게 뻗어 나간다. 어느 경우에도 박목월 시의 밑바탕에 흐르는 것은 현상 너머, 이승 너머 영원의 세계에 대한 동경이었다. 이 시집을 통해 박목월의 시를 시기별로 차근히 감상할 수 있다.

『내 젖은 구두 벗어 해에게 보여줄 때』, 이문재, 문학동네, 2004

1959년 경기도 김포(지금의 인천광역시 서구)에서 나고 자랐다. 경희대학교 국문과를 졸업했으며, 1988년에 첫 시집 『내 젖은 구두 벗어 해에게 보여줄 때』를 낸 후로 지금까지 5권의 시집을 냈다. 이 책은 첫 시집을 손보아 2004년에 다시 펴낸 개정판이다. 현재 경희대학교 후마니타스 칼리지에서 강의하고 있다.

그의 시에는 유난히 '걷는' 이미지가 많이 나온다. 시집 제목의 '젖은 구두'도 오랫동안 걸어서 땀에 푹 젖어 버린 구두를 가리키는데, 이 '젖은 구두'는 이문재 시인에게 정체성과도 같은 것이다. 그는 어린 시절 이사를 자주 다녀야 했고, 그렇게 낯익은 것과 헤어지는 고통을 몽상과 방랑으로 달래던 오랜 습관이 시에서 '걷기'로 표현되곤 한다. 그는 자신을 일러 '도보 수행승'이라 하는데 유년기의 가난이라든가 아버지와의 불화, 청년기의 고독과 정신적 방황을 숱한 걸음걸음으로 달랬을 그의 이력이 짐작되는 지칭이다. 첫 시집에 담긴 시인의 정신적 편력을 알기 위해 「우리 살던 옛집 지붕」과 표제시인 「내 젖은 구두를 해에게 보여줄 때」, 맨 마지막 시인 「길에 관한 독서」를 권한다.

『지리산의 봄』, 고정희, 문학과지성사, 1987

본명은 고성애이다. 1948년 전라남도 해남에서 태어나 지역신문 기자, 광주 YWCA 간사로 사회 활동을 하다 뒤늦게 한국신학대학에 입학하여 32세에 졸업했다. 그해(1979년) 첫 시집『누가 홀로 술틀을 밟고 있는가』를 펴냈으며 그 후로 10년 남짓한 기간 동안 10권의 시집을 써냈다.『또 하나의 문화』라는 여성주의 동인지 창간 멤버로 활동하면서 열정적으로 여성문화운동을 펼쳤고, 1988년부터『여성신문』의 초대 주간을 맡았다. 한 시대를 정열적으로 산 여성운동가였던 고정희는 1991년 6월, 지리산 등반 도중 뱀사골에서 실족하여 작고하였다. 그의 나이 44세 때의 일이다. 이듬해 유고 시집『모든 사라지는 것들은 뒤에 여백을 남긴다』가 출간되었다.

이 시집은 동인지『또 하나의 문화』를 창간하며 여성주의 운동을 펼치던 해에 나온 시집이다. 여기 실린 고정희의 시는 씩씩하다. 그리고 따뜻하다. 고정희는 이 시집에서 고향 산천과 그 산천에 엎드린 사람들, 도시에 올라와 만난 가난한 이웃들에 대한 사랑을 노래하고 있다. 사회적 약자를 부당하게 억압하는 부조리한 사회에 저항하기도 하는데, 투쟁적이라기보다는 맑고 견결한 시인의 심성이 고스란히 전해진다.

가난에 대처하는 우리의 자세

가난을 바라보는 시선

동물 다큐멘터리를 보면 세상에 많은 생물 종(種)이 새끼를 낳고 기르는 모습을 볼 수 있습니다. 종에 따라 다르지만 어미 동물은 제 새끼가 태어나서 품을 떠날 때까지 최선을 다해 돌봅니다. 그리고 때가 되면 생존 기술을 가르쳐 떠나보냅니다. 짧게는 몇 주에서 몇 달 안에 새끼는 홀로서기를 해야만 합니다. 그런데 사람은 적게 잡아도 20년 가까이 부모에게 의존합니다. 부모라면 누구나 자식에게 좋은 부모가 되어 주고 싶고 아낌없이 지원해 주고 싶어 합니다. 하지만 21세기에는 자녀 양육에 따른 경제적 부담이 갈수록 커져 '좋은 부모 되기'란 정말 쉽지 않습니다.

우리나라는 산업화 시대를 거치면서 아주 기본적인 의식주 해결에 어려움을 겪는 '절대 빈곤'에서 벗어났습니다. 하지만 사회 구조 문제로 인한 '상대적 빈곤'이 심각하지요.

가난은 단지 개인의 무능력이나 게으름 탓이 아닙니다. 하지만 아직 생각이 성숙하지 않은 십대는 가난한 부모를 원망과 불만, 부끄러움의 대상으로 여기기도 합니다.

딸린 식구들 입치레를 위해 갖은 고생을 하는 부모님이나 돈 걱정에 제대로 치료받지 못하는 가족의 이야기를 접할 때면 가슴이 아프지요. 그런데 안타깝게도 이런 환경에서 자란 아이들은, 자기도 모르게 친구 사이에서 약자가 되거나 소외가 되는 경우가 많아요.

실제로 많은 시인이 유년 시절, 그중에서도 가난했던 어린 시절의 상처에서 시를 길어 올리곤 합니다. 기형도, 박재삼, 이성복, 황지우 시인의 시를 읽다 보면 어려웠던 시절에 느꼈던 슬픔과 소외감, 또 그 시절을 함께 버텨 낸 살붙이에 대한 그리움 등이 하나의 세계를 이루고 있다는 사실을 알 수 있습니다.

물론, 시인들이 겪어 온 가난과 우리 시대의 가난은 그 양상이 조금 다릅니다. 누구나 스마트폰을 가지고 있고 노스페이스 바람막이 점퍼로 제집 사정을 가린 요즘 청소년에게서 20여 년 전의 궁티를 찾아내기란 쉽지 않지요. 그래서 더 가난한 청소년들이 부모를 받아들이고 긍정하기 어려운 시대가 되었습니다.

추억에서 1

박재삼

진주(晉州) 장터 생어물전에는
바다 밑이 깔리는 해 다 진 어스름을,

울 엄매의 장사 끝에 남은 고기 몇 마리의
빛 발(發)하는 눈깔들이 속절없이
은전(銀錢)만큼 손 안 닿는 한(恨)이던가
울 엄매야 울 엄매,

별밭은 또 그리 멀리
우리 오누이의 머리 맞댄 골방°안 되어
손 시리게 떨던가 손 시리게 떨던가,

진주 남강 맑다 해도
오명 가명
신새벽이나 밤빛에 보는 것을,
울 엄매의 마음은 어떠했을꼬,

---

* 골방 큰방의 뒤쪽에 딸린 작은방.

달빛 받은 옹기전의 옹기들같이

말없이 글썽이고 반짝이던 것인가.

　시인의 어머니는 진주 장터에서 생선 장사를 했습니다. 추운 겨울, 장사가 되지 않아 생선을 다 팔지 못한 날, 어스름을 맞은 어머니 마음은 얼마나 무거웠을까요? 또 얼마나 추우셨을까요? 시인은 지금 춥고 가난했던 어린 시절을 떠올리고 있습니다.

　어머니가 새벽에 나가 생선 장사를 하는 동안 어린 남매는 머리가 맞닿을 만큼 좁고 추운 골방에서 어머니를 기다렸습니다. 별이 뜨는 밤이 되어야 돌아오는 어머니를 손 시리게 떨며 기다렸던 오누이에게 별 빛은 언제나 춥고 멀게 느껴질 뿐이었죠.

　첫새벽 부두에 나가 하루 장사할 생선을 떼어 오고, 물건이 다 팔리는 밤늦은 시간에나 돌아오는 고달픈 생활을 했지만 시인의 집안은 가난을 면하지 못했습니다. 은전은 "장사 끝에 남은 고기 몇 마리의 / 빛 발하는 눈깔"처럼 속절없이 반짝이는 것, 단념할 수밖에 없는 것이었죠. 가난했던 시절, 어머니가 겪었을 슬픔과 부대낌을 생각하면 시인은 속울음이 터집니다. 그래서 어렸을 때 어머니를 부르듯 "울 엄매야 울 엄매" 하고 불러 봅니다.

　어린것들을 두고 바삐 새벽일을 나갈 때, 그리고 종종걸음으로 밤늦게 집에 돌아올 때, 어머니는 늘 진주 남강을 지나면서도 한 번도 마음 편히 그 아름다움을 느껴 본 적이 없을 거예요. 맑고 아름답게 흐르는 강물 곁을 오가는 어머니의 마음은 과연 어땠을까요? 시인은 "말없이 글썽이고 반짝이는" 눈물 같은 마음이었을 거라 얘기합니다. 사는 게 한없이 고단하여 슬픈 마음, 그렇지만 악다구니하듯 누구를 원망하는 마음은 아니었을 거라 추측합니다. 시에 등장하는 어머니는 그저 자식들이 건강했으면, 자식들 배불리 먹일 만큼 형편이 풀렸으면 하는 마음으로 진주 남강 근처의 별빛 아래를 걸어갑니다. "달빛 받은 옹기전의 옹기들같이" 그렇게 글썽이고 반짝이는 눈물을 훔치며, 추위에 떨고 있을 자식들을 향해 발길을 재촉합니다.

이렇게 시인에게 가난은 팍팍하고, 구차하며, 강퍅한* 것으로 기억되기보다 쓸쓸하고, 슬프고, 한스러운 것으로 남아 있습니다. 그리고 시인과 시인의 피붙이들은 성실한 사랑으로 서로를 감싸며 어려운 시절을 견뎌 내죠.

1933년 일본 도쿄에서 막노동을 하는 아버지와 생선 행상을 하는 어머니 사이에 태어난 박재삼 시인은 네 살 때 어머니의 고향인 경상남도 삼천포로 건너왔어요. 하지만 가난한 집안 형편 때문에 고등학교를 졸업할 때까지 낮에는 학교 급사로 일하고 대신 야간반에서 공부를 했습니다. 집이 어찌나 가난했던지, 책을 살 돈이 없어서 시집을 얻어다가 공책에 베껴 쓰고, 그것을 외우면서 공부했죠. 성인이

---

* 강퍅한 성격이 까다롭고 고집이 센.

된 뒤에는 잡지사에 입사했으나 병을 얻어 그만두고, 글을 쓰면서 어렵게 생계를 유지했습니다. 그래서 곤궁한 삶의 어려움을 누구보다도 잘 알았던 시인은 배움을 얻으러 찾아온 후학들에게 '가난하게 살아도 견딜 수 있으면 시를 쓰라'고 얘기하곤 했습니다.

"인생 한 방", "대박", "있어(없어) 보인다"와 같은 유행어에서 보듯이제 우리 사회는 가난을 무능함이나 죄악과 동일시하고 있고, 돈숭배가 도를 넘고 있습니다. 이런 사회에서 가난한 가정의 청소년이 자신의 가족을 사랑하고 자신을 긍정할 수 있는 힘을 가지려면 어떻게 해야 할까요? 가난한 친구와 이웃을 바라볼 때 어떤 시선으로 바라보아야 할까요? 참 어려운 질문이지요? 그럼, 지금부터 가난의 얼굴을 좀 더 현실적으로 드러낸 다음 시들을 보며 생각을 이어가 보겠습니다.

묵묵히 가난을 견디는 우리들의 아버지

가난의 얼굴이 모두 다 같은 것은 아닙니다. 여기, 삶을 팍팍하고 막막하게 만드는, 가난의 맨얼굴이 더 핍진하게* 드러나는 시가 있습니다.

---

* 핍진하게 사정이나 표현이 진실하여 거짓이 없게.

눈을 퍼내며

정희성

눈을 퍼낸다
북한산 날맹이*에 날 새기가 무섭게
날마다 눈은 펑펑 쏟아지는데
갈수록 춥기만 한 이 겨울
삽을 들고 북한산 눈을 퍼낸다
끼니마다 빈 뒤주에 고개를 처박고
아내가 숨죽여 어깨를 들먹이면
이 병신아, 이 병신아
귀뺨을 후리는 북풍에 몰려
돌아서서 북한산마루를 보며
나는 목침더미 같은 울음을 삼키고
삽을 들어 북한산 눈을 퍼낸다
퍼내도 바닥이 흰 서러움
하루 벌어 하루 먹는 놈이
팔다리만 성해서 무얼 하나
공사판엔 며칠째 일도 없는데

＊ 날맹이 산봉우리의 전라북도 사투리.

144

삽을 들고 북한산을 퍼낼까

누구는 소용없는 일이라지만

나는 북한산 바닥까지 눈을 퍼낸다

이 시의 화자는 건축 공사장 같은 곳에서 "하루 벌어 하루 먹"고사
는 날품팔이 노동자입니다. 겨울 들어 날도 추운데 북한산 산봉우리
에 날마다 눈이 펑펑 쏟아지니, 화자는 일을 나갈 수가 없습니다. 돈
을 벌지 못해 끼니 걱정을 해야 할 만큼 집안 형편이 쪼들리죠. 끼
니때마다 아내가 "빈 뒤주에 고개를 처박고" "숨죽여 어깨를 들먹"여
우는 모습은 이 집안의 궁핍함이 어느 정도인지 짐작하게 합니다.
읽는 사람의 가슴도 덩달아 먹먹해지네요.

가족을 따뜻이 입히고 배불리 먹이지 못하는 가장의 마음은 아픈
자책이 되고, 급기야 매운 북풍이 되어 귀뺨을 후려칩니다. "이 병신
아, 이 병신아" 채찍이 되어 가슴을 칩니다. 가여운 아내를 보며 답
답함과 자책, 좌절감을 느끼는 화자는, 그러나 소리 내어 울지 못하
고 목울대가 뻐근하도록 울음을 삼킵니다. 단단한 나무 베개만큼 뻣
뻣한 슬픔을 삼키고 돌아서서 북한산마루를 보며 "삽을 들어 북한산
눈을 퍼"냅니다. 손에 익어 이제는 자신의 분신처럼 느껴지는 삽을
들고 묵묵히 눈을 퍼냅니다.

이 시에서는 "눈을 퍼낸다"는 구절이 매우 인상적입니다. 눈을 퍼

내는 행위는 시 중간에 네 번 반복되는데, 모두 팍팍한 살림살이 때문에 화자가 절망을 느낄 때마다 하는 몸짓이죠. 퍼내도 퍼내도 눈은 줄어들지 않고, 날이 개어 일거리가 쏟아져 나온다는 반가운 소식 하나 없지만, 그대로 주저앉아 있을 수는 없기에 화자는 눈이라도 퍼냅니다. 북한산을 향해, 현실의 거대한 벽을 향해 삽을 들고 눈을 퍼내는 몸짓이라도 하는 거예요. 가난한 살림살이를 등에 지고, 가슴속에 고이는 울분과 좌절도 삼켜 버리고, 묵묵히 현실을 헤쳐 나가는 아버지의 모습이 바로 이 시 속에 있습니다.

아무리 퍼내도 마음 바닥에는 눈덩이처럼 차고 흰 서러움만 고입니다. 그래도 화자는 삽질을 그만두지 않습니다. 북한산을 통째로 퍼내고 싶지만, 몸부림쳐도 가난에서 벗어날 길 없는 이 세상을 번쩍 들어 옮기고 싶지만, 그럴 수 없어서 바닥까지 눈만 퍼내지요.

가족의 궁핍을 온몸으로 감당해 내는 아버지, 그는 우리 모두의 '아버지'의 모습을 그대로 보여 줍니다. 그 아버지가 외로이 퍼내고 있는 북한산의 하얀 눈을 보며, 문득 그 곁으로 다가가 아버지의 외로움과 서러움을 함께하고 싶어집니다.

후꾸도

이시영

장사나 잘 되는지 몰라

흑석동 종점 주택은행 담을 낀 좌판에는 시푸른 사과들

어린애를 업고 넘나간 사람처럼 물끄러미

모자를 쓰고 서 있는 사내

어릴 적 우리집서 글 배우며 꼴머슴 살던

후꾸도가 아닐는지 몰라

천자문을 더듬거린다고

아버지에게 야단맞은 날은

내 손목을 가만히 쥐고 쇠죽솥 가로 가

천자보다 좋은 숯불에 참새를 구워주며

멀뚱멀뚱 착한 눈을 들어

소처럼 손등으로 웃던 소년

못줄을 잘못 잡았다고

보리밭에 송아지를 떼어놓고 왔다고

남의 집 제삿밤에 단자를 갔다고*

사랑이 시끄럽게 꾸중을 들은 식전아침에도

말없이 낫을 갈고 풀숲을 헤쳐

꼴망태 위에 가득 이슬 젖은 게*들을 걷어와

슬그머니 정지문*에 들이밀며 웃던 손

만벌매기*가 끝나면

동네 일꾼들이 올린 새들이를 타고 앉아

상머슴 뒤에서 함박 웃던 큰 입

새경을 타면 고무신을 사 신고

읍내 장터로 써커스를 한판 보러 가겠다고 하더니

갑자기 서울서 온 형이

사년 동안 모아둔 새경*을 다 팔아갔다고 하며

그믐날 확독*에서 떡을 치는 어깨엔

힘이 빠져 있었다

그날밤 어머니가 꾸려준 옷보따리를 들고

주춤주춤 뒤돌아보며 보름을 쇠고

꼭 오겠다고 집을 떠난 후꾸도는

＊ 단자를 갔다고 제사 음식을 얻으러 갔다고.
＊ 게 목화씨에 붙어 있는 솜.
＊ 정지문 부엌문.
＊ 만벌매기 만물매기. 한 해 두세 번 하는 논매기 가운데 마지막으로 하는 것.
＊ 새경 머슴이 주인에게서 한 해 동안 일한 대가로 받는 돈이나 물건.
＊ 확독 돌절구.

정이월이 가고 삼짇날이 가도 오지 않았다

장사나 잘되는지 몰라

천자문은 다 외웠는지 몰라

칭얼대는 네댓살짜리 계집애를 업고

하염없이 좌판을 내려다보며 서 있는 사내

그리움에 언뜻 다가서려고 하면

나를 아는지 모르는지 모자를 눌러쓰고

이내 좌판에 달라붙어

사과를 뒤적이는 사내

여기 사과 행상을 하는 사내가 있습니다. 그는 "칭얼대는 네댓살짜리 계집애를 업고" "넋나간 사람처럼 물끄러미 / 모자를 쓰고 서 있"어요. 아내가 아픈 것인지, 아니면 가난한 살림살이를 못 이겨 집을 나간 것인지 혼자 어린 딸아이를 업고 사과를 파는 사내에게서 세상의 가장자리로 몰려난 도시 빈민의 초상을 봅니다. 그리고 그런 사내에게서 시인은 어릴 적 집에서 꼴머슴을 살던 '후꾸도'를 봅니다. 꼴머슴은 땔나무나 마소에게 먹일 풀을 베는 어린 사내종을 일컫습니다.

1949년 전남 구례에서 태어난 이시영 시인은 그 지방 양반 가문의 자손이었습니다. 제도적으로는 이미 반세기 전에 철폐된 신분 제도였지만, 아직 관습으로 남아 있던 고향에서 시인은 가난한 이웃들에 둘러싸여 살았습니다. 한편 손 귀한 집에 후살이*로 들어가 서른 살에 시인을 낳은 어머니는, 상머슴처럼 손수 농사일을 해내는 억척스러운 여인이었다고 해요. 그리하여 시인은 가난한 이웃들을 육친처럼 가까이 느꼈고, 그들은 후에 후꾸도와 낙식이 형, 정님이 누나 같은 이들로 묘사됩니다. 낙식이 형과 정님이 누나의 이야기가 궁금한 친구들은 이시영 시인의 「낙식이형」, 「정님이」 등을 읽어 보기 바랍니다.

후꾸도는 꼴 먹이러 데리고 간 송아지를 밭에 둔 채 돌아오고, 모

＊ 후살이 여자가 다시 시집가서 사는 일.

내기할 때면 못줄을 엉뚱하게 잡는 아둔하고 덜렁거리는 소년이었습니다. 그렇게 일이 서툴고 실수가 많아 자주 야단을 맞았지만, 화자에게만큼은 언제나 사람 좋은 형이었죠. 천자문을 못 외운다고 야단맞은 뒤에도 화자를 데리고 가 참새를 구워 주며 "소처럼 손등으로" 웃고, 남의 집 제삿밥을 얻어먹었다고 꾸지람을 들은 날에도 "말없이 낫을 갈"아 제 할 일을 하던 후꾸도. 새경을 받으면 고무신 사 신고 서커스 구경을 가겠다던 그는, 서울로 갔던 형이 그가 모아 놓은 새경을 모두 가져가자 그만 낙담을 하고 맙니다. 결국 빈손으로 시인의 고향집을 나선 후꾸도는 그 뒤로 소식이 끊기고 말았죠.

한 20년쯤 흘렀을까. 시인이 고향을 떠난 사이 농촌은 급격히 해체되었습니다. 변변한 기반이 없던 농민들은 비료 값도 안 나오는 농사를 포기하고 도시 공장으로, 날품팔이 노동자로 떠났습니다. 시인의 집 근처로 생각되는 "흑석동 종점 주택은행 담을 낀 좌판에"서 사과를 파는 이 사내도 필시 고향은 어느 시골 마을이었을 거예요. 일자리를 찾아 서울로 올라왔지만 배운 것 없고 가진 것 없는 이 사내가 도시에서 자리를 잡기란 쉽지 않은 일이었을 테죠.

이 불운한 사내에게서 시인은 고향의 후꾸도를 봅니다. 유일한 밑천이었던, 사 년 동안 모은 새경을 서울에서 온 형에게 빼앗기고 빈손으로 떠났을 후꾸도가 살아 있다면 아마 저 사과 장수처럼 살고 있을 것 같습니다. 아내도 없이 궁핍한 삶을 이어 가는 도시의 빈민으로 말이죠.

「후꾸도」에서 가난은 가족의 문제가 아닌, 사회 구조적인 문제로 다루어집니다. 가난을 개인이 못나서 생긴 문제가 아닌 사회 구조에서 발생한 문제로 인식하지요. 경쟁이 극심하고 변화가 빠른 현대 사회에서 가난하고 못 배운 이들이 성공하기란 정말 쉽지 않습니다. 양반집 자손이었던 화자는 시인이 되었지만, 글을 제대로 배우지 못한 후꾸도가 서울에서 번듯한 직장을 가지기란 사실상 불가능했을 거예요. 이 시에는 바로 그러한 구조적 가난이 드러납니다.

하지만 이 시가 무조건적으로 사회 비판적인 자세를 취하는 것은 아닙니다. 가난하지만 순박했던 이웃들이 행복하게 살기를 바라는 마음, 그런 사회가 이루어지기를 바라는 따뜻한 연민의 마음 또한 시 속에 담겨 있습니다. 시인은 "장사나 잘 되는지 몰라"라는 걱정 섞인 혼잣말로 시를 열더니, 후반부에 가서 한 번 더 그 말을 되뇝니다. 사과 장수에게 다가서는 화자의 모습에서는 교감이 가능했던 고향에 대한 진한 그리움마저 느껴지죠.

박재삼 시인의 「추억에서 1」과 정희성 시인의 「눈을 퍼내며」를 읽는 동안 우리의 마음에도 가난한 이웃을 향한 이해의 마음이 싹텄습니다. 이시영 시인의 「후꾸도」를 읽으며 가난의 본질에 대해 다시 한 번 생각해 볼 수 있었고요. 이러한 깨달음이야말로 우리가 문학을 가까이하고, 사람과 사회의 상처에서 길어 올린 시들을 사랑하는 까닭입니다.

더
읽어 볼
시집

『울음이 타는 가을강』, 박재삼, 시인생각, 2013

　박재삼은 1933년 일본 도쿄에서 막노동을 하는 아버지와 생선 장사를 하는 어머니 밑에서 태어났다. 4세 때 어머니의 고향인 삼천포로 오게 되었으며 1952년 삼천포고등학교를 졸업하였다. 집안이 가난해 낮에는 중학교 급사로 일하면서 야간반에서 공부를 했다고 한다. 고등학교를 졸업한 해(1955년)에 이미 작품이 문단의 추천을 받았다. 『현대문학』 창간과 함께 편집 사원으로 입사해 10년 가까이 일하다가 뒤늦게 고려대학교 국문과를 입학하였으나 3년 만에 중퇴하였다. 등단 후 9년 만인 1962년에야 첫 시집 『춘향이 마음』을 출간할 수 있었다. 그 후 14권의 시집을 더 펴냈으며 1997년 64세에 작고했다.

　이 시집은 박재삼 생전인 1984년에 간행한 자선 시집 『아득하면 되리라』의 체계를 거의 따라 그의 대표작 53편을 만날 수 있다.

박재삼의 시를 읽으면 춘향가의 '갈까부다' 같은 서러운 가락이 떠오른다. 소월의 슬픔과 아픔을 한 40년쯤 숙성시킨 시라고 할까, 지독한 가난이라는 인생의 시련을 천성적인 맑음으로 이겨 온 이의 깊은 심성이 그대로 전해진다. 그래서 그의 시를 읽노라면 마음의 물결이 착해지고 말개진다.

📖 『저문 강에 삽을 씻고』, 정희성, 창비, 1978

1945년 경상남도 창원에서 태어나 서울대학교 국문과를 졸업했다. 1974년 첫 시집『답청』을 낸 후로 40년간 모두 6권의 시집을 냈다. 서울 숭문고등학교에서 국어 교사로 재직하다 2007년 정년퇴직했으며 현재 한국작가회의 고문으로 활동하고 있다.

독재에 저항하는 많은 사람들이 죽고, 끌려가고, 다치던 1970년대와 80년대를 지나는 동안 정희성의 시는 그들 곁에서 시대와 민중의 아픔을 낮으면서도 단단한 목소리로 전했다. 그의 시에서는 섣부르게 행동으로 옮기지 못하고, 오래오래 몸에 새겨 넣은 시대에 대한 분노를 읽을 수 있다. 목소리를 높이지 않고 나직한 음성과 절제된 언어로, 그러나 분명하게 독재의 폭압과 부조리를 비판하는 시가 많다. 그의 성찰은 독재에 대한 저항 운동에 나서지 못하는 자신에게도 정직하게 되돌려지는데, 이

런 그의 시들은 동시대 지식인들에게 많은 공감을 얻었고 그들에게 위
로가 되었다.

『긴 노래 짧은 시』, 이시영, 창비, 2009

1949년 전라남도 구례에서 태어나 서라벌예대 문예창작과를 졸업했
다. 등단한 지 7년 만인 1976년 첫 시집 『만월』을 낸 후로 지금까지 모두
13권의 시집을 냈다. 1974년 자유실천문인협의회 결성에 참여한 이후 독
재 정권과 맞서 싸우는 문인의 길을 걸었고 구속되기도 하였다. 1980년
부터 창작과비평사에서 오랫동안 일했으며 지금은 단국대학교 문예창
작과 초빙교수로 있다. 이 시선집은 첫 시집부터 2007년 간행된 열한 번
째 시집 『우리의 죽은 자들을 위해』 사이에서 79편의 작품을 골라 묶은
것이다.

이시영 시인은 이야기 솜씨가 훌륭하다. 그의 시에는 사람 좋은 꼴머
슴이었으나 고향을 등진 뒤 좌판 과일 장수로 떠도는 도시 빈민(「후꾸도」)
이 있고, 아이보개로 들어와 걱실걱실 일 잘하다 지금은 도회에서 유녀
(遊女)로 떠도는 슬픈 여인(「정님이」)이 있다. 양반집 후살이로 들어와 들
일에 파묻혀 늘 흙내가 나던 어머니는 오늘날 아들의 아파트 구석방에
서 갑갑하게 늙어가시고, 오늘내일 철거당할 루핑집 단칸방에서 어린것
들을 재우는 안타까운 어머니와 차마 그 집을 부수지 못하는 인부들(「공

사장 끝에)이 산다. 그의 시에서 우리는 해방 직후부터 오늘날까지 이 땅에 터 잡고 살아온 사람들의 삶과, 그들을 눈물짓게 한 사회를 모두 그려 볼 수가 있다.

이 시선집 한 권을 통해 암울한 시대를 고통스럽게 통과해 온 사람들의 사연을 담은 이야기시와 압축미 넘치는 단시 등 이시영 시의 다양한 면모를 두루 만날 수 있다.

가슴 뛰는 삶으로 난
비밀스런 오솔길

삶의 진정한 가치를 찾아가는 길

열일곱, 열여덟, 열아홉, 듣기만 해도 설레는 나이입니다. 하지만 정작 십대들은 공감하지 못할 수도 있겠다는 생각이 듭니다. "우리 때는 말이야……." 하고 과거를 이야기하는 어른들은 사정이 많이 달라진 지금 십대의 삶은 경험해 보지 못하니까요.

십대는 가능성이 무한한 만큼 마음껏 꿈꾸는 동시에 미래에 대한 불안도 안고 있지요. 성적도 올려야 하지만 게임 레벨도 올려야 하고 우정도 중요하지만 이성 친구와의 연애도 신경 써야 합니다. 학교, 학원, 독서실을 오가는 빡빡한 일정에도 짬을 내어 몸을 만드는 데도 시간을 투자해야 합니다. 하고 싶은 일도, 사고 싶은 것도 많습니다. 하지만 용돈은 늘 부족하죠. 친구와 관계가 친밀할수록 어쩐지 부모님과는 점점 멀어집니다. 하루 종일 공부에 묶여 있지만 정작 "너는 꿈이 뭐니?"라는 질문에 답은 아직 없습니다. 아무것도 되기 싫고 하기 싫다는 친구들도 있죠.

여러분을 힘들게 하는 여러 가지 문제의 뿌리는 가치관의 부재라고 말하고 싶습니다. '존재론적 상심'이야말로 여러분이 방황하는 근본적인 이유라고요. 열정을 쏟을 만한 꿈을 찾지 못할 때 청춘은 삶의 의미를 잃고 상심할 수밖에 없습니다.

나는 어디에서 왔는지, 삶 너머에는 무엇이 있는지, 무엇이 좋은 삶인지 끝없이 알고 싶은 여러분을 사로잡을 만한 가치가 필요한 것이지요. 좋은 대학에 들어가 안정된 직장을 잡는 것, 그 이상의 삶의 목표가 부재할 때, 여러분은 앓게 됩니다. 그럴 때 여러분은 삶이 시들하고 심드렁해집니다.

이것은 엄밀히 말해서 여러분이 아니라 어른들의 잘못이에요. 오로지 눈앞에 보이는 세속적인 이익만을 좇으라고 여러분을 몰아세웠기 때문입니다. 하지만 언제까지고 어른들을 탓할 수만은 없습니다. 여러분은 여러분 삶의 '작가'이니까요. 지금 이 한 시간은 여러분 삶이라는 '책'의 한 줄이고, 오늘 하루는 그 책의 한 페이지입니다.

자신의 책을 어떻게 써 내려가야 할지는 작가가 정합니다. 누가 더 뛰어나고 누구는 부족하다고 얘기하는 상대적·세속적인 잣대가 아니라 여러분 가슴을 뛰게 할 삶의 가치, 절대적인 가치를 찾아내

면 여러분은 다른 삶을 살 수 있습니다. 바로 여기 그런 삶으로 가는
비밀스러운 오솔길을 보여 주는 시들이 있습니다.

모란이 피기까지는

김영랑

모란이 피기까지는

나는 아즉 나의 봄을 기둘리고 잇슬 테요

모란이 뚝뚝 떠러져 버린 날

나는 비로소 봄을 여흰 서름에 잠길 테요

오월(五月) 어느날 그 하로 무덥든 날

떠러져 누은 꼿닢마져 시드러 버리고는

천지에 모란은 자최도 업서지고

뻐처 오르든 내 보람 서운케 문허졌느니

모란이 지고 말면 그뿐 내 한해는 다 가고 말아

삼백(三百)예순날 하냥* 섭섭해 우옵내다

모란이 피기까지는

나는 아즉 기둘리고 잇슬 테요 찬란한 슬픔의 봄을

---

* 하냥 한결같이.

시인은 모란이 피기를 기다립니다. 모란은 꽃이 크고 색도 화려해서 '화왕, 꽃 중의 왕'이라고 불리죠. 붉은 입술처럼 농염한 색과 아름다움을 지닌 장미가 유럽에서 오랫동안 사랑을 받았다면, 우리나라와 중국에서는 모란을 꽃 중의 꽃으로 쳤습니다.

모란이 지닌 색은 한복의 화려함을 떠올리게 합니다. 하늘하늘 잎이 얇지만, 꽃잎이 15센티미터 정도로 크죠. 김영랑 시인은 이런 모란을 아껴서 시를 쓰던 사랑채 주변 곳곳에 심었습니다. 지금도 전라남도 강진 탑동의 김영랑 시인 생가에 가면 그가 생전에 시를 쓰며 마음을 내렸을 우물과 모란, 동백나무, 감나무가 소담스럽게 가꾸어진 정원을 볼 수 있어요.

시인은 지금, 모란이 피기를 기다립니다. 겨울이 물러가면 산수유, 매화, 개나리, 살구꽃, 진달래 등이 차례로 봄을 불러 오죠. 그 화려한 꽃 대궐 속에서도 시인은 모란을 가장 기다립니다. 시인에게는 모란이 봄이고, 봄이 모란이거든요. 모란이 피어야 봄이 온 것이고, 그때 마음 한가득 기쁨이 자리합니다. 그 마음을 "모란이 피기까지는 / 나는 아즉 나의 봄을 기둘리고 잇슬 테요."라고 표현했죠.

그런데 이 시에는 희한하게도 그토록 기다리던 모란이 피는 순간의 아름다움은 묘사되어 있지 않습니다. 8행에 딱 한 번 "뻐처 오르든 내 보람"이라는 시구가 있어 모란이 한껏 피어난 순간을 잠시 상상하게 할 뿐이죠. 그런데 그마저도 바로 뒤에 "서운케 무너졌느니"라고 말해서 무참한 낙화의 장면을 떠올리게 합니다. 피어오르던 모란의 아름다움이 그만큼 잠깐이었던 것입니다. 「모란이 피기까지는」은 모란의 아름다움을 칭송하려고 한 것 같지만, 실은 그게 아니었던 거예요.

꽃은 영원하지 않습니다. 우리 인생이 영원하지 않듯 모든 아름다움은 영원하지 않습니다. 아무리 아름다워도, 아무리 사랑해도 우리 모두는 언젠가 헤어져야 할 존재죠. 모란이 피기까지 기다려 왔던 시간에 비하면 모란꽃의 찬란한 아름다움은 찰나입니다. 나뭇가지 끝에 하나씩 매달리는 모란은 길어야 고작 사흘 정도 피어납니다. 나무 전체를 보아도 꽃이 피는 기간은 2~3주를 넘기기 어렵죠. 모란의 아름다움을 마음에 그리며 기다려 온 시간에 비하면 얼마나 짧은 동안입니까?

꽃이 지면, 가슴속에 고이 간직해 오던 아름다움을 잃은 상실감으로 시인은 망연해집니다. 잠시 만난 아름다움의 절정을 잃은 상실감이 어찌나 큰지, 모란이 그냥 지지 않고 '뚝뚝' 떨어지네요. 5월도 하순에 접어들고 날이 무더워지기 시작하면 봄은 서서히 여름에 자리를 내어 줄 수밖에 없습니다. 꽃이 큰 모란이 '뚝뚝' 땅에 떨어지고, 떨어진 고운 꽃잎마저 색이 바래면 이 하늘과 땅 어디에도 모란은 존재하지 않습니다. 아름다움을 사랑했던 시인의 기쁨과 보람도 서운하게 무너지고 말죠. 세상이 다 꺼져 버린 듯한 허전함에 시인은 "삼백예순날 하냥 섭섭해" 웁니다.

여름이 가면 가을이 오고, 겨울이 지나면 다시 봄이 올 거예요. 아름다움을 사랑하는 시인은 이듬해의 봄을 기다립니다. 찬란하게 천지를 수놓을 모란의 아름다움을, 그리고 그것과 이별하는 설움을 모두 기다립니다. 결국 이 시는 아름다운 대상에 대한 기다림과 그것을 잃는 슬픔, 그리고 다시 기다리는 마음의 결을 노래하고 있어요. 그렇기에 여기서 아름다운 것은 모란이 아니라 '아름다움을 사랑하는 마음'입니다. 모란을 잘 모르는 우리가 이 시를 읽으며 감동을 느끼는 까닭도 바로 이거죠.

어렵사리 만나도 잃어버리고, 헤어질 줄 알면서도 기다리는 것은 삶 자체의 속성입니다. 이 시에서 애달픔과 쓸쓸함이 느껴지는 이유는 이 시가 우리 존재의 뿌리에 닿아 있는 유한함과 그에 대한 슬픔을 건드리기 때문입니다.

영랑의 시는 아름다우면서도 서글픕니다. 아름다운 대상을 대하는 순간, 마음이 떨리면서 맑고 곱게 정화되는 느낌을 섬세하게 표현하고 있어요. 아름다운 대상을 대할 때 눈물 흘려 본 사람은 알 거예요. 가슴이 떨리도록 투명하고 파란 가을 하늘, 4월 무렵 단단한 줄기를 뚫고 아기 손톱처럼 돋아나는 여린 은행잎, 그리고 맨몸의 겨울나무, 그 아름다움에 가슴 떨려 본 사람은 영랑의 감수성을 받아들일 수밖에 없죠. 아름답지만 그 속에 알지 못할 서글픔이 숨어 있는 영랑의 시를 음미하다 보면 여러분 삶의 시야도 저 먼 영원을 향하게 될 것입니다.

알 수 없어요

한용운

바람도 없는 공중에 수직(垂直)의 파문(波紋)을 내며, 고요히 떨어지는 오동잎은 누구의 발자취입니까.

지리한 장마 끝에 서풍에 몰려가는 무서운 검은 구름의 터진 틈으로, 언뜻언뜻 보이는 푸른 하늘은 누구의 얼굴입니까.

꽃도 없는 깊은 나무에 푸른 이끼를 거쳐서 옛 탑(塔) 위의 고요한 하늘을 스치는 알 수 없는 향기는 누구의 입김입니까.

근원은 알지 못할 곳에서 나서, 돌부리를 울리고 가늘게 흐르는 작은 시내는 굽이굽이 누구의 노래입니까.

연꽃 같은 발꿈치로 가없는 바다를 밟고, 옥 같은 손으로 끝없는 하늘을 만지면서 떨어지는 날을 곱게 단장하는 저녁놀은 누구의 시(詩)입니까.

타고 남은 재가 다시 기름이 됩니다. 그칠 줄을 모르고 타는 나의 가슴은 누구의 밤을 지키는 약한 등불입니까.

우주 만물은 일정한 질서로 운행됩니다. 모든 움직임은 마치 톱니

바퀴가 맞물리듯 긴밀하게 연결되어 있어요. 지구가 자전하면서 낮과 밤이 찾아오고, 달이 지구 주변을 돌면서 파도가 입니다. 바다에서 증발한 수증기는 구름이 되고, 무거워진 구름은 다시 비가 되어 땅으로 떨어지죠. 그리고 그 빗방울이 모여 만들어진 강물이 다시 바다로 흘러들어 갑니다. 우주와 생명의 원리를 깊이 공부할수록 우리는 그 복잡함과 치밀함 앞에서 경외감을 느끼게 돼요. 나아가 어떤 섭리 같은 것을 느끼기도 하죠.

가을밤, 오동잎이 떨어집니다. 오동나무는 키가 15미터에 이를 정도로 크며, 잎도 어른의 얼굴을 충분히 가릴 만큼 넓습니다. 가을이 되어 기온이 떨어지고 일조량도 적어지면 오동잎은 스스로 떨어집니다. 모든 영양분을 줄기로 집중시켜 추운 계절을 넘기려는 전략이지요. 바람 한 점 없는 가을밤, 커다란 오동잎 하나가 "공중에 수직의 파문을 내며" 툭 떨어집니다. 조금 전까지는 생명이었던 잎이 스스로 땅에 떨어져 죽는 순간입니다. 누구나 보았을, 그래서 눈앞에서 벌어진다 해도 대수롭지 않게 지나쳤을 오동잎의 낙하에서 시인은 누군가의 발자취를 느낍니다. 생과 사를 가르는 순간의 의미, 자연의 운행에 숨은 섭리를 떠올립니다.

비가 내립니다. 맑게 갠 날이 언제였나 싶게 며칠씩이고 쏟아져 내립니다. 그러나 이 장마도 결국 때가 되면 물러날 수밖에 없습니다. 지금은 어두운 장마 구름이 온 세상을 잔뜩 덮었다고 생각하겠지만, 실은 구름이란 것도 고작해야 지표면으로부터 6~12킬로미터 떨어진 하늘에 떠 있을 뿐입니다. 비행기를 타본 친구들은 비행기가 구름 위로 솟아오르는 순간의 경이로움을 기억할 거예요. 두터운 검은 구름 위로 거짓말처럼 푸른 하늘이 펼쳐져 있죠. 구름이 현상이라면 푸른 하늘은 본질입니다. 시인은 장마 구름이라는 눈앞의 어두운 현실을 통해 그 너머에 있는 본질을 꿰뚫어 봅니다.

이제 시인은 더 이상 키가 자라지 않는 고목 앞에 섭니다. 너무 오래되어 꽃 대신 푸른 이끼가 낀 나무. 그때 어디서 왔는지 알 수 없는 향기가 코끝을 스칩니다. 죽은 고목 뒤에서 숨결을 내뿜는 '그이'의 입김입니다.

또 시인의 가슴에 작은 냇물이 흐릅니다. 어디선가 솟아나온 물이 돌부리를 울리며 흐르듯, 시인의 가슴속에서 그리움의 샘이 솟아 굽이굽이 노래처럼 흘러갑니다. 그의 마음속에서 끊임없이 솟아나는 가녀린 그리움의 노래는 우주의 섭리를 깊이 깨닫고자 하는 구도자의 노래입니다.

마지막으로 자연이 서쪽 하늘에 펼쳐 놓은 장엄한 드라마를 봅니다. 이제 막 수평선에 닿아 하늘과 바다를 붉게 물들이며 떨어지는 저녁 해는 절대자가 우주를 향해 손수 쓰는 시 같습니다. 하루를 마감하는 저녁 해처럼 너희들도 한생을 이렇게 아름답게 마무리하라는 시 말이죠.

자연과 생명의 섭리를 통찰하는 순간의 벅찬 감동과 환희가 마침내 등불처럼 타오릅니다. 타고 남은 촛농이 다시 초가 되어 심지로 빨려가듯 구도자의 질문과 깨달음은 그칠 줄 모릅니다. 절대적·본질적 가치가 외면 받는 시대를 지키는 등불이 되어 타오릅니다. 그것은 작고 희미하지만, 그칠 줄 모르는 영원한 등불입니다.

나를 둘러싼 세계와 시로 교감하다

가을의 노래

박용래

깊은 밤 풀벌레 소리와 나뿐이로다
시냇물은 흘러서 바다로 간다
어두움을 저어 시냇물처럼 저렇게 떨며

흐느끼는 풀벌레 소리……
쓸쓸한 마음을 몰고 간다
빗방울처럼 이었는 슬픔의 나라
후원(後園)을 돌아가며 잦아지게 운다
오로지 하나의 길 위
뉘가 밤을 절망(絶望)이라 하였나
말긋말긋 푸른 별들의 눈짓

풀잎에 바람

살아 있기에

밤이 오고

동이 트고

하루가 오가는 다시 가을밤

외로운 그림자는 서성거린다

찬 이슬밭엔 찬 이슬에 젖고

언덕에 오르면 언덕

허전한 수풀 그늘에 앉는다

그리고 등불을 죽이고 침실(寢室)에 누워

호젓한 꿈 태양(太陽)처럼 지닌다

허술한

허술한

풀벌레와 그림자와 가을밤.

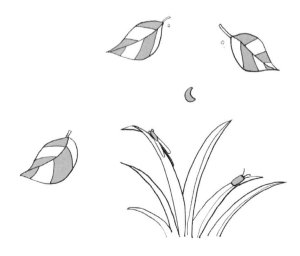

「가을의 노래」에는 목소리가 둘 있습니다. 스스로 풀벌레가 되어 마음을 이야기하는 목소리와, 풀벌레 바깥에서 시의 공간을 우주 전체로 확장시키며 보이는 바를 전달하는 목소리입니다. 두 번째 목소리는 첫 번째 목소리의 중간중간에 맥락 없이 툭툭 끼어들어 시의 공간을 우주 전체로 확장시킵니다. 그래서 시가 난해하게 느껴지기도 하지만 동시에 미묘한 울림도 느껴지네요. 음악에 비유하자면 반주와 선율의 화음이 다르다고나 할까요. 옷감을 짤 때 드문드문 조화가 안 되는 색실을 날줄로 넣어 미묘하고 세련된 느낌을 표현하듯이 시에는 이질적인 두 목소리가 존재합니다. 구체적으로는 1연의 2행, 2연의 3행·6행·13행을 두 번째 목소리로 볼 수 있습니다.

먼저 풀벌레 소리부터 따라가 봅시다. "깊은 밤 풀벌레 소리와 나뿐이로다" 그런데 3행부터 나는 사라지고 아예 풀벌레의 마음과 하나가 되어 버립니다. 가냘픈 풀벌레 소리는 가늘게 떨립니다. 마치 어둠을 조심조심 젓듯이 들립니다. 어쩌면 가을밤 시냇물처럼 추워서 떠는 것일 수도 있겠네요.

흐느끼는 풀벌레 소리는 쓸쓸한 제 마음을 몰고 가는 소리입니다. 동시에 풀벌레와 하나가 된 시적 자아, 즉 이 가을밤 깨어 풀벌레 소리에 귀를 기울이는 쓸쓸한 '나'의 마음을 몰고 가는 소리입니다. 뒤뜰을 돌아가며 점점 더 잦아지는 풀벌레 소리를 듣습니다. 이 소리는 하나의 길 위를 따르듯 오롯이 쓸쓸한 마음을 표현합니다. 풀벌레는 찬 이슬밭에 앉아서는 찬 이슬에 젖고, 언덕에 오르면 시들어

허전한 수풀 그늘에 앉아 웁니다. 허술하고 허전한 풀벌레 소리가 시 전체에 깔리네요.

풀벌레는 외롭고 가냘픈 존재입니다. 그래서 풀벌레의 마음을 이야기하는 목소리도 외로운 목소리죠. 그런데 잘 읽어 보면, 풀벌레 바깥에서 보이는 바를 전달하는 듯한 목소리 역시 담담하지만 짙은 외로움을 뱉어낸다는 사실을 느낄 수 있습니다. 이제 그 목소리를 따라가 볼까요?

"시냇물은 흘러서 바다로 간다", 시인은 시냇물이 흘러가는 모습을 빗방울처럼 슬픔이 이어져 내리는 모양이라고 표현합니다. 그리고 슬픔이 쏟아지는 밤에는 역설적으로 말긋말긋 투명한 별들이 눈짓을 하고, 풀잎에 바람 드는 소리가 들려온다고 이야기하죠. 그렇게 하루가 오가는 가을밤, 주위를 가냘프고 외로운 생명들의 그림자가 서성거립니다. 우리는 살아 있기에 이렇게 춥고 어두운 밤도 겪습니다.

결국 풀벌레와 하나가 된 시적 자아, 그리고 그를 둘러싼 우주의 모습을 전하던 목소리는 2연 17행에 이르러 하나로 합쳐집니다. 그런데 두 목소리는 본디 처음부터 다르지 않았습니다. 절대적 관점에서 보면 모든 생명은 크든 작든 가냘프고, 그래서 외로운 존재이기 때문이죠. 시인이 전하는 우주의 모습은 '슬픔의 나라'네요. 외로움에 겨운 가슴들이 말긋말긋 별들의 눈짓에 마음을 썻고 서성거리는 곳이죠. 시적 자아 역시 가을밤이 오면 등불을 죽이고 침실에 가만히

누워 외로운 꿈을 태양처럼 품습니다. 풀벌레 소리를 들으며 풀벌레
의 마음이 되어 가을밤을 넘깁니다.

더
읽어 볼
시집

『김영랑 시선』, 김영랑, 지식을만드는지식, 2014

본명은 김윤식이고, 1903년 전라남도 강진에서 태어났다. 1917년 서울에 올라와 휘문의숙에 입학했고 박종화, 정지용, 이태준 등과 교류했다. 1919년 고향에 내려와 학생 운동을 모의하다 일본 경찰에 체포되어 옥고를 치르기도 했다. 음악에 관심이 많았던 김영랑은 성악을 전공하려 했으나, 부친의 반대로 일본에서 영문학을 공부했다. 1923년 관동 대지진으로 학업을 중단하고 고향으로 돌아왔다. 그 뒤로 계속 고향에 머무르며 일본식 성명 강요와 신사 참배를 거부하고 음악과 시에 심취하여 일제 말기를 지냈다. 6·25 전쟁 때 서울에서 유탄에 맞아 사망하였다.

영랑이 남긴 시는 모두 86편인데 1935년에 펴낸 첫 시집 『영랑 시집』에 53편이, 해방 후 1949년에 낸 두 번째 시집 『영랑 시선』에 나머지가 실려 있다. 여기에 실린 시 모두, 지금도 남아 있는 강진의 생가에서 쓰였다. 이 시집에는 영랑이 남긴 모든 시가 발표 당시의 표기 그대로 실려 있다. 그의 시는 제목 없이 번호만 붙어 있는 것이 특징인데, 내용을 담기보다는 '맑고 아름다운 마음의 상태'를 표현하는 것으로 족했던 김영랑의 시관을 읽을 수 있다. "마음 어느 한편에 끝없이 강물처럼 흐르는" 마음, "푸른 밤 고이 맺는 이슬 같은" 마음의 상태, 그것이 김영랑 시인이 시에 담고자 한 내용의 전부였다. 김영랑의 남다른 음악 사랑은 시에도 흔적이 남아 있어서 그의 시는 맑은 노랫가락 같은 운율 감각이 빼어나다.

『만해 한용운』, 한용운, 문학사상, 2005

만해 한용운은 1879년 충청남도 홍성의 외진 촌락에서 태어나 서당에서 한문을 공부했다. 1892년 13세의 나이로 결혼하였으나 동학 운동이 실패로 끝나자 몸을 피해 설악산에 입산한다. 1905년 설악산 백담사에서 계를 받고 승려가 되었다. 1919년 3·1 운동을 주도하여 「기미독립선언서」에 구체적인 실천 지침으로 공약 삼장을 첨가했고, 민족 대표 33인의 선두에 서서 만세 삼창을 선창하였다. 이 일로 3년 동안 옥고를 치렀다. 출옥 후 불교 관련 저서를 쓰면서 펴낸 시집이 『님의 침묵』(1926)이다. 『님의 침묵』에는 88편의 시가 실려 있으며 그 이후에 발표된 시는 거의 없기 때문에 사실상 한용운의 유일한 시집이다. 1933년 55세의 나이로 재혼을 하고, 서울 성북동에 심우장을 지었다. 집 남쪽에 자리한 조선총독부를 마주볼 수 없다 하여 집을 북향으로 돌려 지은 일화가 유명하다. 그 후로도 일본식 성명 강요 반대 운동, 조선인 학병 운동 등에 관여하다 건강이 악화되어 독립을 보지 못하고 심우장에서 1944년 입적하였다.

한용운의 시는 모두 격정적인 사랑시로 읽을 수 있다. 그의 시는 임(사모하는 사람)과 헤어진 상황에서 임에 대한 절대적인 사랑을 화려한 비유로 토해 낸다. 한용운이 정말 표현하고자 한 것은 사랑의 감정 자체라기보다는 사랑에 대한 사유였는데, 한용운 시의 탁월함은 여기서 발생한다. 이별이 어떻게 미의 창조가 되는지, 걷잡을 수 없는 슬픔이 어떻게 새 희망을 낳는지, 복종이 어떻게 자유가 되는지, 그의 시를 읽으면 심원한 사랑의 사유 앞에서 눈이 훤히 트인다.

『먼 바다』, 박용래, 창비, 1984

박용래는 1925년 충청남도 강경에서 태어났다. 1943년 강경상업학교를 졸업하고 조선은행에 취직했다. 그 후 1946년 계룡학숙을 시작으로 20여 년간 국어 교사를 지냈다. 1965년 퇴직하고 마련한 충남 대전의 작은 집은 그 옆에 감나무가 있대서 청시사로 이름 지었다. 그 집에서 죽는 날까지 시를 썼다. 1981년 57세로 심장마비로 타계했다. 등단한 지 14년 만인 1969년에 첫 시집 『싸락눈』을, 1979년에 두 번째 시집인 『백발의 꽃 대궁』을 펴냈다.

박용래의 시는 오래된 흑백 사진을 떠올리게 한다. 그의 시는 말수가 적다. 수식을 극도로 절제한 채 담담히 오래된 풍경 사진 한 장을 내놓는다. 대개 개발 바람을 타기 이전의 토속적인 농촌 풍경인 그 사진은 작고 미미하고 서러운 느낌을 낳는다. 박용래 시인 생전의 모든 작품을 총결산한 시전집을 읽으며, 향토적인 소묘시에 고도로 절제된 슬픔이 밑바탕에 깔린 시들을 만나 보자.

4.

더 너른 세상으로 들어서기

손을 내밀어 함께 견디다

인식의 지평을 넓히는 시

無惻隱之心 非人也 無羞惡之心 非人也

(무측은지심 비인야 무수오지심 비인야)

無辭讓之心 非人也 無是非之心 非人也

(무사양지심 비인야 무시비지심 비인야)

惻隱之心 仁之端也 羞惡之心 義之端也

(측은지심 인지단야 수오지심 의지단야)

辭讓之心 禮之端也 是非之心 智之端也

(사양지심 예지단야 시비지심 지지단야)

— 『맹자』 공손추 상(公孫丑 上) 중에서

불쌍히 여기는 마음이 없으면 사람이 아니고, 부끄러워하는 마음이 없으면 사람이 아니며,

사양하는 마음이 없으면 사람이 아니고, 옳고 그름을 가리는 마음이 없으면 사람이 아니다.

불쌍히 여기는 마음은 어짊의 실마리이고, 부끄러움을 아는 마음은 의로움의 실마리이며,

사양하는 마음은 예절의 실마리이고, 옳고 그름을 가리는 마음은 지혜의 실마리이다.

길을 가다 갑자기 웬 아이가 넘어지는 모습을 보면 자신도 모르게 "저런!" 안타까워하면서 팔을 뻗어 아이를 일으키게 됩니다. 다른 사람의 불행을 보면 마음이 아프고 도와주고 싶은 마음이 일어나는 것. 그것은 사람이 지닌 착한 본성 가운데 하나입니다.

가까운 사람이 아프거나 슬플 때, 멀리 오지에서 제대로 먹지 못해 말라 죽어 가는 아기의 퀭한 눈동자를 볼 때, 자신이 누리고 있는 행복을 미안하게 느끼며 그 행복을 조금 덜어 다른 이와 나누고자 하는 마음은 사람만이 가지고 있는 고귀한 성품입니다. 하지만 누구에게나 똑같이 이런 마음이 드는 건 아니지요. 상대방이 약하고 사랑스러울수록, 그리고 자신과 가깝다고 느낄수록 연민을 더 크게 느낍니다. 물론 우리의 마음에 사랑이 넘칠 때 다른 사람과 나누고 싶은 마음은 더 커지고요.

만약 우리의 마음이 하늘이나 바다처럼 열려 있어서 자신과 남을 구분하지 않고, 온 세상 사람과 우주 만물이 서로 연결되어 있음을 생생하게 느낀다면 어떨까요? 멀고 가까움에 상관없이 다른 사람의 아픔을 곧바로 내 아픔처럼 느끼겠지요?

'우리'라는 경계를 구분 짓는 순간 차별이 생깁니다. '우리' 울타리 안에 속하면 요즘 유행하는 '으리(의리)'의 대상이 되지만, 그 바깥의 것들은 모두 '너'이고 '남'이기에 무관심과 차별, 폭력의 대상이 될 수 있지요. 자연이 국가나 민족을 구분 짓지 않듯, '우리'의 범위를 우주로 넓힌다면 그만큼 인식의 지평도 넓어질 것입니다. 우리는 시를 통해 타인과 공감하고 '우리'의 범위를 넓혀 갈 수 있습니다. 그것이 가능한 섬세한 마음, 무한대로 열린 연민의 마음에서 솟아나는 것이 바로 시이기 때문입니다.

팔원(八院) − 서행시초(西行詩抄) 3

백석

차디찬 아침인데
묘향산행(妙香山行) 승합자동차(乘合自動車)는 텅하니 비어서
나이 어린 계집아이 하나가 오른다
옛말속같이 진진초록 새 저고리를 입고

손잔등이 밭고랑처럼 몹시도 터졌다

계집아이는 자성(慈城)으로 간다고 하는데

자성(慈城)은 예서 삼백오십리(三百五十里) 묘향산(妙香山) 백오십리

(百五十里)

묘향산(妙香山) 어디메서 삼촌이 산다고 한다

쌔하얗게 얼은 자동차(自動車) 유리창 밖에

내지인(內地人) 주재소장(駐在所長) 같은 어른과 어린아이 둘이 내

임을 낸다*

계집아이는 운다 느끼며 운다

텅 비인 차(車) 안 한구석에서 어느 한 사람도 눈을 씻는다

계집아이는 몇 해고 내지인(內地人) 주재소장(駐在所長) 집에서

밥을 짓고 걸레를 치고 아이보개를 하면서

이렇게 추운 아침에도 손이 꽁꽁 얼어서

찬물에 걸레를 쳤을 것이다

시인은 평안북도 영변군의 팔원에서 한 여자아이를 봅니다. 묘향
산으로 향하는 승합자동차 안에서였지요. 승합자동차는 지금으로
치면 버스에 해당합니다. 1918년 무렵부터 우리나라에도 택시나 버

---

* 내임을 낸다 배웅을 한다.

스 등 영업용 자동차가 등장했습니다. 하지만 영어 표현이 아직 낯설었던 시기여서 그 당시에는 버스를 승합자동차라고 불렀지요.

어쨌든 북방의 어느 이른 겨울 아침, 사람들 왕래가 없어서 텅 빈 묘향산행 버스에 어린 여자아이가 혼자 오릅니다. 진한 초록빛 새 저고리를 입었지만 몸에 밴 고생과 가난의 흔적까지는 가리지 못했네요. 손등이 가뭄 때 밭고랑 갈라지듯 여기저기 터져서 딱지가 앉았습니다. 추운 데서 자주 찬물에 손을 담그고 일하면 이렇게 되지요.

아이의 표정은 어떨까요? 유리창에 하얗게 서리가 생길 만큼 날은 추운데 낯선 길을 떠나야 한다고 생각하니 아이는 도저히 마음을 가라앉힐 수가 없습니다. 여기서 평안북도 자성까지는 삼백오십 리 (약 140킬로미터) 떨어진 먼 길. 물론 부모의 품으로 돌아가는 것은 아닐 것입니다. 어릴 적부터 일본인 집에서 식모를 살며 애보개를 한

이 아이에게 따뜻한 고향집이 남아 있을 리가 없습니다. 부모님은 이미 돌아가셨거나 밑으로 줄줄이 딸린 동생들 데리고 굶기를 밥 먹듯 하며 고생하고 있을 테지요.

그래도 몇 년 동안 여자아이가 일했던 집에서 배웅을 나와 주었습니다. 일본인 주재소장으로 보이는 어른과 어린아이 둘이 손을 흔들어 주는데, 아이는 무엇이 두려운지 그만 흐느껴 울고 맙니다. 정들었던 아이들과의 헤어짐이 슬퍼서 그런 걸까요? 여기서 주재소란 일본이 조선을 식민 통치하기 위해 세운 경찰 기관으로 지금의 경찰지서에 해당합니다.

이때 버스 한구석에서 한 사람이 눈가를 훔칩니다. 내남없이 민족 전체가 빈곤의 나락으로 떨어져 내렸던 시절, 여자아이의 눈물이 남 일 같지 않았던 것이겠지요. 여자아이를 바라보는 백석의 마음도 함께 울고 있네요. 시인이 여자아이를 보며 안쓰러워하는 마음이 시 곳곳에 배어 있습니다.

"차디찬 아침인데", "손잔등이 밭고랑처럼 몹시도 터졌다", "계집아이는 운다 느끼며 운다"는 구절들은 마치 눈앞에서 벌어지는 일이듯 생생하게 느껴집니다. "계집아이는 몇 해고 내지인 주재소장 집에서 / 밥을 짓고 걸레를 치고 아이보개를 하면서 / 이렇게 추운 아침에도 손이 꽁꽁 얼어서 / 찬물에 걸레를 쳤을 것이다"라는 문장에서는 소녀가 터진 손을 호호 불면서 당장이라도 걸어 나올 것 같습니다. 차가운 겨울바람과 그보다 더 차가운 소녀의 신산이 읽는 이의 마음까지 시리게 만듭니다.

이 시를 발표할 무렵 백석은 『여성』지의 편집장 직을 그만두고 서울에서 돌연 만주로 떠났습니다. 그는 만주로 향하는 길에 둘러본 평안북도 일대의 풍경을 '서행시초'라는 제목의 연작시 4편에 남겼는데, 이 시는 그 세 번째에 해당하는 시입니다. 눈치챘겠지만 1939년 백석이 팔원에서 만난 여자아이는 일제 식민 통치에 수탈당하고 찢긴 우리 민족 전체의 모습이에요. 백석은 북방 이곳저곳을 다니며, 고향을 빼앗긴 채 떠도는 우리 민족의 맨 얼굴을 이렇게 선명한 연민의 언어로 남겼습니다.

소년을 보듬는 연민의 마음

종로 5가

신동엽

이슬비 오는 날.
종로 5가 서시오판* 옆에서
낯선 소년이 나를 붙들고 동대문을 물었다.

---

* 서시오판 신호등.

밤 열한시 반,

통금에 쫓기는 군상 속에서 죄없이

크고 맑기만 한 그 소년의 눈동자와

내 도시락 보자기가 비에 젖고 있었다.

국민학교*를 갓 나왔을까.

새로 사 신은 운동환 벗어 품고

그 소년의 등어리선 먼길 떠나온 고구마가

흙묻은 얼굴들을 맞부비며 저희끼리 비에 젖고 있었다.

충청북도 보은 속리산, 아니면

전라남도 해남땅 어촌 말씨였을까.

나는 가로수 하나를 걷다 되돌아섰다.

그러나 노동자의 홍수 속에 묻혀 그 소년은 보이지 않았다.

그렇지.

눈녹이 바람이 부는 질척질척한 겨울날,

종묘 담을 끼고 돌다가 나는 보았어.

그의 누나였을까.

＊ 국민학교 초등학교의 전 용어.

부은 한쪽 눈의 창녀가 양지쪽 기대 앉아

속내의 바람으로, 때묻은 긴 편지 읽고 있었지.

그리고 언젠가 보았어.

세종로 고층건물 공사장,

자갈지게 등짐하던 노동자 하나이

허리를 다쳐 쓰러져 있었지.

그 소년의 아버지였을까.

반도의 하늘 높이서 태양이 쏟아지고,

싸늘한 땀방울 뿜어낸 이마엔 세 줄기 강물.

대륙의 섬나라의

그리고 또 오늘 저 새로운 은행국*의

물결이 뒹굴고 있었다.

남은 것은 없었다.

나날이 허물어져가는 그나마 토방 한 칸.

봄이면 쑥, 여름이면 나무뿌리, 가을이면 타작마당을 휩쓰는

빈 바람.

변한 것은 없었다.

＊ 은행국 미국.

이조 오백년은 끝나지 않았다.

옛날 같으면 북간도라도 갔지.

기껏해야 뻐스길 삼백리 서울로 왔지.

고층건물 침대 속 누워 비료광고만 뿌리는 거머리 마을,

또 무슨 넉살 꾸미기 위해 짓는지도 모를 빌딩 공사장,

도시락 차고 왔지.

이슬비 오는 날,

낯선 소년이 나를 붙들고 동대문을 물었다.

그 소년의 죄없이 크고 맑기만 한 눈동자엔 밤이 내리고

노동으로 지친 나의 가슴에선 도시락 보자기가

비에 젖고 있었다.

　이슬비가 추적추적 내리는 밤입니다. 종로 5가, 신호등 옆을 지나는 화자에게 낯선 소년이 다가와 길을 묻습니다. 바로 지척에 있는 동대문을 모르고 찾는 것을 보니 아무래도 서울에 처음 온 아이 같습니다. 아니나 다를까, 소년은 막 시골에서 상경한 듯 낡은 고무신을 신었고 등허리에는 고구마를 매달고 있습니다. 게다가 가슴에는 새 운동화를 품고 있네요. 누구를 찾아가는 길일까요, "국민학교를 갓 나왔을까" 싶은 어린 소년의 눈동자는 죄 없이 크고 맑아 보이기

만 합니다.

통행금지 시간에 쫓기는 사람들 틈바구니에서 마주친 어린 소년. 서울 거리에 어울리지 않는 차림으로 밤늦게 동대문을 찾아가는 그 소년이 걱정되어 뒤돌아선 순간, 벌써 소년은 인파에 묻혀 보이지 않습니다.

소년에 대한 연민의 마음 때문에 화자는 '어디서 왔을까? 부모 형제는 어디에 있을까?' 생각합니다. 1960년대, 농민들은 농사일만으로는 먹고살 수가 없어서 뿌리 뽑히다시피 고향을 등지고 대거 도시로 흘러들어 왔습니다. 그 당시 정부는 강력한 공업 우대 정책을 펼쳤습니다. 또 공장 노동자의 저임금 정책을 유지하기 위해 물가가 아무리 올라도 농산물 가격만큼은 낮은 수준으로 통제했지요.

어느 가난한 농민의 자식일 것 같은 소년도 아마 먹고살 길을 찾아서 서울로 상경했을 거예요. 먼저 고향을 뜬 일가붙이가 살고 있다는 동대문 어디쯤의 주소가 적힌 종이 한 장과 새 운동화만 달랑 들고 말이지요.

생각이 거기까지 미치자 시인은 한 여자가 떠오릅니다. 쌓인 눈이 녹던 질척질척한 어느 겨울날, 종묘 담을 끼고 돌다 본 창녀입니다. 누구에게 맞았는지 한쪽 눈이 부은 채 속내의 바람으로 양지에 앉아 고향 소식이 적힌 듯한 긴 편지를 읽고 있던 그 여자를 말이에요.

시인은 또 떠올립니다. 자갈이 가득 실린 지게 등짐을 지고, 고층 건물 공사장을 오르던 인부 한 사람이 허리를 다쳐 쓰러져 있었던 장면입니다. 어쩌면 직접 본 것이 아니라 신문 귀퉁이에서 읽은 사고 기사였을 수도 있겠지요.

그 창녀와 인부도 농사일만으로는 먹고살기 힘들어 농촌을 떠난 이농민이었을 거예요. 초등학교만 겨우 졸업하고 살길을 찾아 상경한 소년과 그들이 가족인 것처럼 느껴집니다. 물론 가족이 아닐 확률이 높지만, 그들의 가족 또한 시인이 상상한 모습과 크게 다르지 않을 것입니다. 시인은 이렇게 당대 빈곤층이 겪는 삶의 고초를 총체적으로 제시하면서, 그들의 고난에 눈물을 흘립니다.

누나가 떠나고 뒤이어 부모가, 그리고 마지막으로 소년이 떠나야 했던 고향 마을에는 남은 것이라곤 없습니다. 가난한 식구들이 몸 붙이고 살아온 헌 집이 나날이 허물어져 가고 있을 뿐입니다. 남길 게 있었다면 대대로 살아오던 익숙한 고향 땅과 이웃들을 두고 황황히 낯선 곳으로 떠밀려 왔을 이유가 없지요.

그렇게 종로 5가에서 만난 어린 소년에게서 당대의 어려운 삶을 목격한 화자는 이제 시간을 뛰어넘어 저 오랜 역사의 현장을 불러들입니다. 농민들의 탈농과 유랑 생활은 일제 강점기에도 심각했어요. 일제는 조선을 통치하면서 온갖 수단을 동원해 토지를 빼앗았고, 1930년대에는 농민의 절반이 소작농으로 전락하고 말지요. 결국 농민들은 급속도로 빈민화되어 일본의 힘이 못 미치는 북간도로 떠날 수밖에 없었습니다.

시의 화자는 어떤 의미에서는 1960년대의 농촌 현실이 일제 강점기보다도 못하다고 고발합니다. 갈 곳 없는 농민들은 기껏해야 도시의 맨 밑바닥에서 삶을 이어 갈 수 있으니까요. 그들은 건설 현장과 공장에 아주 싼값에 고용되면서 쉽사리 벗어날 수 없는 가난의 터널 속으로 빨려 들어갔습니다. 낮에는 지하 공장에서 기계처럼 손을 놀리고, 밤이 되면 야산을 밀고 지은 판잣집으로 절벅절벅 숨어들었지요.

죄 없이 크고 맑은 눈을 가진 소년, 초등학교나 갓 졸업했을까 싶은 어린 소년이 앞으로 헤쳐 나가야 할 세상과 이 시대의 가난한 사람들에 대한 아픔으로 시인의 가슴은 젖어 듭니다. 밤이 내리고 노동으로 지친 시적 화자의 가슴에서는 "도시락 보자기가 / 비에 젖고 있"습니다.

움츠린 나무들을 위한 응원가

나무를 위하여

신경림

어둠이 오는 것이 왜 두렵지 않으랴
불어닥치는 비바람이 왜 무섭지 않으랴
잎들 더러 썩고 떨어지는 어둠 속에서

가지들 휘고 꺾이는 비바람 속에서

보인다 꼭 잡은 너희들 작은 손들이

손을 타고 흐르는 숨죽인 흐느낌이

어둠과 비바람까지도 삭여서

더 단단히 뿌리와 몸통을 키운다면

너희 왜 모르랴 밝는 날 어깨와 가슴에

더 많은 꽃과 열매를 달게 되리라는 걸

산바람 바닷바람보다도 짓궂은 이웃들의

비웃음과 발길질이 더 아프고 서러워

산비알*과 바위너설*에서 목 움츠린 나무들아

다시 고개 들고 절로 터져나올 잎과 꽃으로

숲과 들판에 떼지어 설 나무들아

이 시에 등장하는 나무들은 산비탈이나 바위가 빼쭉 솟은 험한 곳에서 목을 움츠리고 서 있습니다. 우거진 숲, 너른 들판에 당당하게 제자리를 차지하지 못하고, 숲의 끄트머리에 어렵사리 몸을 붙이고 살아갑니다.

그래서 이 나무들은 어둠이 오는 것이 두렵고, 비바람이 불어닥치

---

* 산비알 산비탈의 충청도 방언.
* 바위너설 바위가 삐죽삐죽 내민 험한 곳.

는 것이 무섭습니다. 가지들이 휘고 꺾이는 비바람이 몰아치면, 비슷한 처지의 나무들끼리 작은 손을 내밀어 꼭 잡고 서로 견딥니다. 지금껏 우리가 만났던 팔원의 여자아이, 종로 5가의 소년과 몹시 닮은 모습이지요. 이 시의 '나무들'은 힘없고 가난한 사람들, 사회의 중심부에서 밀려나 소외된 이들을 상징합니다. 따라서 '나무를 위하여'라는 제목은 '소외된 이들을 위하여'라는 말로 바꾸어 읽을 수 있습니다.

　지금은 어둡고 비바람이 몰아치는 시절, 나무들은 서로의 작은 손을 꼭 쥐고, 숨죽여 흐느끼며 버팁니다. 당당히 제자리를 차지한 나무들에 비해 자신들 자리는 너무나 척박하고, 비바람이 몰아치면 행여 뿌리까지 뽑히지는 않을까 두렵지만, 그래도 더 많은 꽃과 열매를 기다리며 버티고 버팁니다.

　그런데 이들을 더 힘들게 하는 것은 이웃 나무들의 비웃음과 발길질입니다. 좋은 자리를 차지한 크고 우람한 이웃 나무들이 '왜 이렇게 작고 못났느냐'며 비웃고 발길질할 때에는, 산바람 바닷바람을 맞는 것보다 더 아프고 서럽지요. 화자는 이러한 나무들의 처지를 알고 있습니다. 화자가 나무들의 처지를 깊이 이해하는 마음은 '왜 ~아니랴' 하는 반문형 어미 속에 잘 담겨 있습니다.

　화자는 힘없고 작은 나무들의 고통과 설움에 함께 눈물 흘리며, 이들이 더 많은 꽃과 열매를 달게 되기를 기원합니다. 비바람이 걷히고 날이 밝는 어느 날, 함성처럼 터져 나올 잎과 꽃을 달고 저 너른 들판에 당당하게 설 것이라고 예언합니다. 많은 시집에서 도시 노동자와 변두리 빈민에 대한 깊은 애정을 보여 주었던 시인 신경림은 그렇게 이 시에서도 한결같이 '나무들을 위한 응원가'를 불렀습니다.

더
읽어 볼
시집

『누가 하늘을 보았다 하는가』, 신동엽, 창비, 1989

신동엽은 1930년 충청남도 부여에서 태어났다. 단국대학교 사학과에 입학한 신동엽은 이듬해인 1950년, 만 스무 살에 6·25 전쟁을 경험한다. 아사자, 동사자, 병자를 1천 명 넘게 내고 해체된 국민방위군에 징집되었던 것이다. 신동엽은 전쟁터로 끌려갔다가 죽을 고생 끝에 병든 몸으로 이듬해 집에 돌아올 수 있었다. 이때 얻은 병이 후일 그의 죽음을 재촉했으니 신동엽은 1969년, 40세의 아까운 나이에 간암으로 작고한다.

당대 충격을 주었던 혁신적인 장시 '이야기하는 쟁기꾼의 대지'로 1959년 등단했으며, 별세할 때까지 10년간 민족의 앞날을 걱정하는 웅혼한 시들을 열정적으로 써냈다. 신동엽은 시를 통해 대담하게도 늘 혁명을 노래했는데, 그런 점에서 그의 시는 늘 격렬한 논쟁의 대상이 되었다.

그가 생각하는 이상적인 혁명가의 초상을 묘사한 「빛나는 눈동자」나, 혁명 속에서 스러져 간 영혼에 대한 진혼곡인 「산에 언덕에」, 「진달래 산천」을 읽으면 그의 시가 왜 뜨거운 찬사와 격렬한 비판을 동시에 받았는지 그 역사적 맥락을 짐작할 수 있다. 혁명에 대한 그의 열정은 가난하고 소외된 사람들에 대한 뜨거운 사랑에서 비롯됐는데(「종로 5가」), 전쟁의 비정함과 비참함, 독재의 참상을 몸소 경험한 것도 큰 영향을 끼쳤다. 꿈은 드높았고 거침없이 내달렸으나 병마로 생을 접은 시인, 그가 자신의 한 생애를 돌아보며 쓴 유언장 같은 시 「만약 내가 죽게 된다면」을 읽어보자. 신동엽이 경험한 한 생애를 깊이 이해할 수 있다. 1963년 첫 시집이자 생전에 간행한 유일한 시집인 『아사녀』에 실린 시와 유고에서 가려 뽑은 신동엽의 주요 작품을 만날 수 있다.

『농무』, 신경림, 창비, 1973

1935년 충청북도 충주에서 태어나 동국대학교 영문과를 졸업했다. 1956년 등단하여 17년만인 1973년에 첫 시집 『농무』를 낸 이후로 모두 11권의 시집을 냈다.

신경림이 등단하던 해 서울은 전쟁의 상처가 아직 아물지 않은 시절이었다. 시인은 마음속에 절망감이 가득했지만 정작 그런 상황을 정직하게 표현하지 못한 서정시로 등단하니 시가 우리네 삶에서 무슨 일을 할 수 있는가 회의가 들어 도리어 시와 멀어졌다고 한다. 그런 답답한 시절 헌책방에서 만나 숨통을 틔우던 벗들 중 한 명이 시국 사건으로 잡혀가고 시인은 얼결에 귀향해 10년 넘게 고향살이를 한다. 당시 시인의 집안은 아버지의 사업 실패로 가세가 기울었고 그 10년간 신경림은 공사장 등지를 떠돌며 어려운 세상살이를 실감했다. 다시 시를 쓴다면 그 이웃들의 이야기, 설움 같은 것을 담으리라 마음먹었고 그 후로 꾸준히 "시는 그 시대의 문제에 대한 질문이요 대답"이라는 생각을 가지고 써서 모은 것이 첫 시집 『농무』에 실린 시들이다.

『농무』에는 화투, 섰다, 나이롱뽕, 막걸리, 소주잔, 담배 등이 자주 나온다. 모두 가난에 몰릴 대로 몰린 농민들이 울분을 삭이기 위해 기대는 사물들이다. 그의 시에 그려진 농촌은 절박할 정도로 피폐해 있다. 농사는 비료 값도 안 나오고, 남는 것은 빚더미다. 기어이 못 살고 서울로 가는 사람들이 남기고 가는 것은 부서진 장독대요, 가지고 가는 것은 가난과 저주의 넋두리다. 고향에 머물러 사는 10년간 그가 마주친 농촌 현실에 대한 정직한 보고서를 읽으면, 마치 우리가 그 현장의 일원인 듯 소외받은 이들의 고달픔과 답답함이 가슴속에 차오른다.

미지의 땅을 열어 보다

시인이 건네는 여행 지도

일제히 함성이라도 지를 듯 앞산의 나뭇잎이 무성합니다. 이글거리는 햇볕과 뜨겁게 달아오른 한낮의 대기. 문득 책상을 물리고 탁트인 바다로 떠나고 싶어집니다. 여행. 언제 들어도 설레는 낱말 가운데 하나입니다. 여러분은 어떨 때 여행을 떠나고 싶나요?

대부분은 기분 전환이 필요할 때 여행을 떠납니다. 가까운 곳으로 잠시 나들이를 다녀오기도 하고, 다른 고장에 가서 그곳의 풍경, 풍습, 문물 등을 구경하기도 하지요. 어떤 이들은 인생의 한 페이지를 덜어 전 세계를 한 바퀴 돌고 오기도 합니다. 그리고 그러한 경험은 『왕오천축국전』 『동방견문록』 『이븐 바투타 여행기』처럼 위대한 여행기로 남기도 하지요. 일상을 떠나 낯선 나라를 여행하는 일, 세계 일주는 생각만으로도 가슴이 설렙니다. "세계가 한 권의 책이라면, 여행하지 않는 사람은 그 책의 한 페이지만 읽고 있을 뿐이다."라는 말처럼 여행과 독서의 의미는 비슷합니다. 둘 다 아직 경험해 보지 못한 페이지를 열어 보는 행위지요.

그런데 멀리, 꼭 외국으로 나가야만 여행을 하는 것은 아닙니다. 대상을 향해 가슴을 열지 않는다면 해외여행도 그저 가벼운 구경거리에 지나지 않지요. 반대로 마음의 눈을 열고 대상이 주는 느낌을 받아들인다면 가까운 산을 오르는 일도 훌륭한 여행이 될 수 있습니다. 진정한 길 떠남, 마음 옮, 새로워져서 돌아옴을 경험하기 위해서는 마음을 열고, 감각을 활짝 여는 것이 중요합니다. 무엇보다 여행은 낯익은 곳을 떠나 마음을 열고 새로운 것을 받아들일 준비가 된 상태라고 할 수 있습니다. 지금부터 진정한 여행을 하는 시인들, 그러니까 여행길에서 인생길에 대한 통찰을 얻은 여행자를 만나 볼게요.

산길에서 ─ 내가 걷는 백두대간 22
이성부

이 길을 만든 이들이 누구인지를 나는 안다
이렇게 길을 따라 나를 걷게 하는 그이들이

지금 조릿대밭 눕히며 소리치는 바람이거나

이름 모를 풀꽃들 문득 나를 쳐다보는 수줍음으로 와서

내 가슴 벅차게 하는 까닭을 나는 안다

그러기에 짐승처럼 그이들 옛 내음이라도 맡고 싶어

나는 자꾸 집을 떠나고

그때마다 서울을 버리는 일에 신명나지 않았더냐

무엇에 쫓기듯 살아가는 이들도

힘이 다하여 비칠거리는 발걸음들도

무엇 하나씩 저마다 다져놓고 사라진다는 것을

뒤늦게나마 나는 배웠다

그것이 부질없는 되풀이라 하더라도

그 부질없음 쌓이고 쌓여져서 마침내 길을 만들고

길 따라 그이들을 따라 오르는 일

이리 힘들고 어려워도

왜 내가 지금 주저앉아서는 안되는지를 나는 안다

산을 오르려면 길을 따라 걸어야 합니다. 그런데 길이라는 것은 한날한시에 만들어지는 것이 아니에요. 여러 사람이 지나고 또 지나면서 다져진 것이 산길입니다. 어쩌면 이 땅에 사람들이 깃들어 살아온 역사만큼 산길도 나이를 먹었을지 모릅니다. 도로도 자동차도 없었던 옛날, 먼 길을 그저 걸어야 했던 시절이 바로 산길이 시작된 때이니까요. 그래서 산길에는 이 땅에 의지하고 살아온 사람들, 살기 편한 아랫마을에 자리 잡지 못하고 산으로 흘러들어야 했던 경계인들의 숨소리가 켜켜이 배어 있습니다. 시인은 이러한 인식 위에서 "이 길을 만든 이들이 누구인지를 나는 안다"라고 말합니다.

시인은 책을 펼치듯, 산을 오르며 앞서 지났을 사람들을 생각합니다. 몸은 지금 여기에 있지만 생각은 어제에서 백 년 전, 다시 천 년 전으로 확장되지요. 그리고 그들이 자신의 일부로 다가옴을 느낍니다.

산에 얽힌 역사적 사건과 길 위에 발을 디뎠을 누군가를 생각하며 시인은 가슴 벅찬 그리움을 느낍니다. 산에서 살다가 그 산을 베고 죽어 간 사람들의 혼령이 바람이 되어, 눈앞의 조릿대밭을 눕히고 자신을 쳐다보는 것일지도 모른다고 생각하면서요. 그렇게 시인은 산에서 만나는 풀잎 하나, 바람 한 점에서 옛사람들의 숨결을 느끼지요. 그 강한 그리움과 연대감은 "짐승처럼 그이들 옛 내음이라도 맡고 싶"다는 표현에 잘 드러나 있습니다.

나아가 시인은 동시대를 살아가는 보통의 인생을 떠올립니다. 그리고 무엇인가에 쫓기듯 살아가는 사람들, 힘이 다하여 비칠거리며 걷는 사람들도 끝끝내 이 세상에 "무엇 하나씩 저마다 다져 놓고 사라진다"는 깨달음을 얻습니다. 우리들이 이 땅을 떠날 때 이룩한 것은 얼핏 작고 부질없어 보입니다. 하지만 그렇게 사소한 것이 모여서 산길을 내듯 역사를 만들어 간다는 데에 생각이 이른 거지요. 그렇기에 세상살이가 힘들어도 주저앉아서는 안 된다고 이야기합니다.

이성부 시인은 1990년 즈음부터 20년 동안, 주말마다 서울을 벗어나 백두대간을 종주했습니다. 출발하기 전 그 산에 얽힌 역사와 인문·지리를 공부하고, 먼저 다녀간 선인들을 생각하며 산을 올랐지요. 그리고 그 경험을 모두 시로 썼습니다.

조선 시대의 유학자 퇴계 이황은 일찍이 산행을 독서에 비유했습니다. 독서를 하듯 눈에 들어오는 모든 대상을 새롭게 발견하는 것이 산행이라고 말했지요. 무감하게 스쳐 온 인생을 새롭게 바라보는 일, 시간을 붙잡아 영원을 호흡하는 일, 이것이 여행과 독서, 그리고 시의 본질입니다.

청춘, 간이역에 들다

꽉 짜인 일상이 답답하게 느껴질 때, 지도와 여행기를 펼쳐들고 자신만의 여정을 짜 보면 어떨까요? 몇 달 뒤 방학 때, 혹은 졸업 후를 상상하며 여행 계획을 세워 보는 거지요.

먼 곳으로 떠나는 여행자의 마음처럼 길게 뻗어 나간 기찻길. 그 어귀에서 쓴 다음 시를 읽으며 우리의 삶과 여행이 어떠해야 하는지를 좀 더 생각해 봅시다.

사평역(沙平驛)에서

곽재구

막차는 좀처럼 오지 않았다
대합실 밖에는 밤새 송이눈이 쌓이고
흰 보라 수수꽃 눈시린 유리창마다
톱밥난로가 지펴지고 있었다
그믐처럼 몇은 졸고
몇은 감기에 쿨럭이고
그리웠던 순간들을 생각하며 나는
한줌의 톱밥을 불빛 속에 던져주었다
내면 깊숙이 할 말들은 가득해도
청색의 손바닥을 불빛 속에 적셔두고
모두들 아무 말도 하지 않았다
산다는 것이 때론 술에 취한 듯
한 두름의 굴비 한 광주리의 사과를
만지작거리며 귀향하는 기분으로
침묵해야 한다는 것을
모두들 알고 있었다
오래 앓은 기침소리와
쓴 약 같은 입술담배 연기 속에서

싸륵싸륵 눈꽃은 쌓이고 그래 지금은 모두들

눈꽃의 화음에 귀를 적신다

자정 넘으면

낯설음도 뼈아픔도 다 설원인데

단풍잎 같은 몇 잎의 차창을 달고

밤열차는 또 어디로 흘러가는지

그리웠던 순간을 호명하며 나는

한줌의 눈물을 불빛 속에 던져주었다.

'나'는 오지 않는 막차를 기다립니다. '막차'란 언제나 '조금 늦은 사람들'을 위한 차입니다. '첫차'에 오르는 이들이 설렘과 기대를 안고 부지런히 움직이는 사람들이라면, '막차'에 오르는 이들은 먼 길에서 돌아오는 사람들이지요. 지친 몸을 막차에 부려 놓은 그들이 내릴 곳은 낡고 쓸쓸한 자신의 집입니다.

사평역 밖은 밤새 눈이 쌓였고, 창에는 허옇게 서리가 끼었습니다. 그리고 사람들은 썰렁한 대합실에 앉아 좀처럼 오지 않는 막차를 기다리고 있습니다. 작은 톱밥 난로의 희미한 열기 사이로 사람들의 차가운 얼굴이 보입니다. 그믐달처럼 마르고 초췌한 얼굴로 조는 사내들, 감기에 쿨럭이는 아이를 돌보는 남루한 옷차림의 여자들, 그리고 그렇게 지치고 초라한 모습 가운데 '나'도 섞여 있습니다.

'나'는 어떤 사람일까요? 혼자서 여행이라도 떠났다가 돌아가는 청춘일까요? '나'는 가난에 지친 사람들 속에서 그들을 관찰하며, 동시에 '그리웠던 순간들'을 거듭 마음속에 떠올리고 있습니다. 여러분도 이 시의 화자처럼 젊은 어느 날, 문득 길을 떠나게 되는 순간이 찾아올지 모릅니다. 미래에 대한 불안함과 삶의 방향에 대한 의구심에 떠밀려 열차에 올라탈 날이 있을 것입니다. 스물일곱에 발표한 등단작인 이 시는 가난한 이웃들에 대한 깊은 애정 뒤에, 청춘의 번민과 방황이 원경으로 채색되어 있습니다.

'나'도 대합실의 다른 사람들도 서로 말을 나누지 않습니다. "내면 깊숙이 할 말들은 가득"한 사연 많은 인생이지만, 누구도 섣불리 그것을 꺼내지는 않습니다. 그저 난로에서 흘러나오는 희미한 온기에 손을 쪼이며 묵묵히 시간을 견딜 뿐입니다. 그런데 사람들이 몸을 맡기고 있는, 시에서 유일하게 온기가 돌아야 할 난로조차 붉은색이 아닌 청색입니다. 사람들의 신산한 삶을 상징하듯이 말이에요.

이들은 왜 말이 없을까요? 산다는 것은 침묵해야 하는 일임을 경험으로 터득했기 때문입니다. 오늘의 삶이 맵고 시려도, 변변치 못한 선물이나마 챙겨 들고 고향으로 돌아갈 때의 작은 기쁨으로 위안하며 버텨야 함을 알고 있기 때문입니다. 가난한 이들에게 이따금 찾아오는 행복은 쓸쓸한 것입니다. 그것은 밝은 미래가 약속된 내일에서 오는 희망이 아닌, 고작해야 "한 두름의 굴비 한 광주리의 사과"에서 오는 변변치 않은 기쁨이지요. 삶의 그늘은 좀처럼 걷히지 않기에, 현실의 고통을 잊게 해주는 독한 술처럼 기쁨 또한 일시적인 위안에 지나지 못합니다.

이 작품이 발표된 때는 1981년입니다. 빠른 속도로 진행된 도시화와 산업화의 바람 속에서 청년들이 휩쓸리듯 고향을 떠나 산업 노동자로 떠돌아야 했던 시기지요. 이 시에는 그러한 도시 빈민들의 지친 모습과 삶의 아픔, 그리고 역시나 어려운 그들 고향의 모습이 두루 배어 있습니다. 사람들이 기다리는 '막차'는 이들의 현재 삶터와 고향을 이어 주며, 그 남루함과 막막함을 동시에 드러내는 카메라 앵글과 같은 역할을 합니다. 오래 앓은 기침 소리가 저편에서 들리고 담배 연기가 피어오릅니다. 내면의 말들과 덜어 내고 싶은 고통을 조용히 사르려는 듯 싸구려 담배 연기는 쓰기만 합니다.

카메라가 문득 뒤로 물러섭니다. 창밖에 싸륵싸륵 눈꽃이 쌓이고, 그 소리에 모두 귀를 기울이는 듯 정적이 흐릅니다. 그렇게 대합실에 남은 사람들의 아픔이 하얀 설원 속에 어깨를 부비며 잠깁니다. 사람들을 태우기 위해 막차가 멀리서 달려오고 있습니다. '나'는 막차를 기다리는 이웃과 자신의 슬픔을 식어 가는 난로에 던져 넣습니다. 그리고 그것이 온기로 돌아오기를 희망합니다.

제목에서 알 수 있듯이, 이 시의 공간은 사평역입니다. 하지만 이 역은 실제로 존재하지 않아요. 화자가 나고 자란 남도에 사평이라는 작은 마을이 있지만 기차역은 없었지요. 그러나 존재 여부와 관계없이 이 시를 통해 사평역은 개발 독재 시대를 통과하는 가난한 이웃들과 그들을 연민하는 청춘의 대명사가 되었습니다. 소설가 임철우는 이 시에 등장하는 인물들을 고스란히 살려 1982년 「사평역에서」라는 단편 소설을 발표하기도 했어요.

장차 여러분이 시대와 젊음을 통찰하게 될 공간은 어느 곳이 될까요? 여러분의 사평역은 어디일까요?

복사꽃나무 한 그루 – 고호의 눈 5

허만하

이 산비탈과 저 골짝 사이 산벚꽃 피는 시간이 한 열흘쯤 차가 나지요. 열흘이란 시간의 팽팽한 긴장을 보지 못하고 지나는 차의 속도.

연둣빛 부드러운 일렁임 가운데 외롭게 더러는 무더기로 서서 두 팔을 쳐들고 왼 몸으로 지르는 산벚나무 고함소리가 보인다. 운문사(雲門寺) 가는 길. 몸을 틀며 지르는 해맑은 고함소리.

풀리는 물소리 이켠과 저켠. 꽃기운이 건너는 데 걸리는 열흘. 그 열흘의 산자락을 바라보며 기지개를 편다. 사물의 윤곽이 환한 햇살이 되어 부서지는 4월, 하늘은 흩날리는 꽃잎으로 가득하다. 눈부신 설레임.

아를르의 연짓빛 복사꽃나무 한 그루. 내 가슴에 쌓이는 낭자한 낙화.

시의 배경은 봄입니다. 온 산에 용트림하는 나무가 가득합니다. 사철나무의 묵은 잎 위에 연둣빛 새순이 오르고, 떡갈나무의 가지에서도 여린 잎들이 돋아나네요. 이 좋은 봄에 시인은 산사를 찾아갑니다. 그리고 분홍빛, 흰빛 구름이 군데군데 내려앉은 듯 소담한 산벚꽃 무더기를 만납니다. 3월에 도시에 피는 벚꽃이 화장한 여인처럼 화사하다면, 산벚꽃은 4월에 수줍은 처녀처럼 피어납니다. 산동백, 찔레, 잣나무 등이 새순을 틔워 연둣빛 안개가 감돌 때 여린 잎과 함께 등장하는 산벚꽃에는 청초한 분위기마저 감돌지요.

연둣빛이 일렁이는 산에서 드문드문 한 그루씩, 또는 무더기로 모여 분홍빛 물감을 흘려 놓은 듯 아름답게 피어난 산벚꽃을 바라보고 있자니, "두 팔을 쳐들고 왼 몸으로 지르는" 나무의 고함 소리가 들리는 듯합니다. 그 모습이 숨쉬기조차 힘들었던 추위를 겨우내 맨몸으로 이겨 내고, 방금 깨어나 하늘을 향해 생명을 부르짖는 것처럼 들립니다. 아이들이 모여서 손나발을 만들어 소리를 지르는 것 같기도 하고, 풋풋한 청춘들이 모여 깔깔 소리를 내며 몸을 푸는 것처럼 보이기도 합니다.

그런데 이 산의 산벚꽃은 벌써 깨어났는데, 저 산의 산벚꽃은 아직 소식이 없습니다. '아하, 봄기운이 산 하나를 건너는 데 열흘쯤 걸리는구나.' 시인은 새삼 깨닫습니다. 현대인들은 그 사실도 모른 채 차를 타고 금세 지나치지만, 나무들은 봄기운을 맞이하기 위해 저렇게 오랫동안 기다리고 있음을 생각하지요. 얼었던 물이 졸졸 흐르고,

따스한 봄기운이 당도하기를 기다리는 나무처럼 시인도 묵묵한 마음을 가집니다.

4월의 햇살은 밝고 가벼워서 온 천지에 부서져 내리는 것 같고, "하늘은 흩날리는 꽃잎으로 가득"합니다. 봄을 맞아 깨어난 나무의 설렘은 이내 시인의 설렘이 되고, 그 속에서 시인은 그림을 하나 떠올립니다. 바로 빈센트 반 고흐의 「분홍색 복숭아 나무(The Pink Peach Tree, 1888년)」입니다. 고흐가 강렬한 햇빛과 화사한 색채를 찾아 떠났던 남프랑스의 작은 도시 아를. 그곳에서 그린 꽃나무 연작 가운데 복사꽃나무 그림이 있지요.

꽃기운이 산 하나를 건너는 "열흘이란 시간의 팽팽한 긴장"을 알았던 예술가 고흐. 봄 나무가 왼 몸으로 지르는 고함 소리를 듣고 이를 화폭에 담아낸 화가 고흐를 떠올리며 시인은 제 가슴으로 꽃잎이 낭자하게 쌓이는 소리를 듣습니다. 봄이 오는 소리, 생명이 기쁨으로 태어나는 소리, 그리고 그것들이 이내 영원한 침묵으로 되돌아가는 소리를 그는 듣습니다. 그렇게 시인의 여행은 가까운 산사에서 작은 산벚나무에게로, 또 멀리 120년 전의 프랑스 아를에서 자신의 깊숙한 내면으로 떠남과 돌아옴을 반복합니다.

더
읽어 볼
시집

📖『우리 앞이 모두 길이다』, 이성부, 지식을만드는지식, 2012

이성부는 1942년 전라남도 광주에서 태어났다. 경희대학교 국문과를 졸업하고 1969년 한국일보 기자로 입사해 28년간 근무하였다. 1969년 첫 시집『이성부 시집』을 낸 후로 모두 10권의 시집을 냈다. 중·고교 시절부터 꾸준히 글쓰기를 시작해 1960년 고교 졸업을 앞두고 등단하여 50년 넘게 시를 썼다.

1980년 5월, 자신의 고향인 광주가 신군부에 의해 유린당하고, 그 뒤 광주에 대해 말하거나 글 쓰는 것이 철저히 금지되었던 10년 남짓한 세월 동안 시와 문학을 멀리하며 고통스러운 시간을 보냈다. 그 시간을 현실도피와 자기 학대의 심정으로 거칠게 전국의 산을 오르며 이겨 낸다. 그에게 산은 단순한 운동이 아닌 자기 성찰이었으며, 같은 산을 거쳐 갔을 수많은 선인들과의 만남이었다. 1990년대 초반부터 산과 관련한 시를 쓰면서 10년 넘게 중단되었던 시 쓰기를 다시 시작하였다. 20년 넘게 산행을 계속하며 시를 더 쓰다 간암으로 2012년 별세하였다. 등단 무렵부터 90년대 말까지 대략 40년 가까운 발표작들 가운데에서 78편을 골라 1999년에 간행된 시선집을 복간한 것이다. 이성부 시인이 삶과 시대의 한가운데서 어떻게 번민하였고, 어떻게 극복해 갔는지를 두루 만날 수 있다.

『사평역에서』, 곽재구, 창비, 1983

곽재구는 1954년 광주에서 태어났다. 전남대학교 국문과를 졸업했고 1983년 첫 시집 『사평역에서』를 냈다. 동화와 산문을 쓰며 전업 작가로 살다가 2001년부터 순천대학교 문예창작과에서 시를 가르치고 있다. 시인 타고르의 고향, 인도 동부 벵골 지방의 산티니케탄에서 2009년부터 1년 남짓 살기도 했다. 벵골 어를 직접 익혀 타고르의 시를 모두 한국어로 번역하고 싶다는 오랜 꿈을 실현하기 위해서였다. 지금까지 모두 7권의 시집을 냈다.

곽재구의 시에는 항상 현실에 대한 감각과 비판 의식이 깔려 있다. 봉지쌀을 사들고 와 끼니를 이을 만큼 가난했고, 고향 사람들을 무참히 유린하는 1980년 5월을 지켜봐야 했으며, 그것을 시로 증언하려는 「오월시」 동인이었던 그의 배경을 이해할 때 당연한 일일 것이다. 그는 자연의 서정이나 여인에 대한 사랑을 노래할 때조차 희망이나 절망 같은 단어를 언제나 함께 올린다. 그것은 당시의 사회 현실에 대한 절망과 분노가 워낙 깊었기 때문일 것이다. 폭압적인 시대 상황과 가난했던 유년의 기억을 20대 청춘의 언어로 포착한 그의 첫 시집을 읽으며, 시대의 분노를 더듬을 수 있다.

『비는 수직으로 서서 죽는다』, 허만하, 솔, 1999

허만하 시인은 1932년 대구에서 태어났다. 경북대학교 의과대학을 졸업하고 부산 고신대학교에서 의과대학 교수를 지냈다. 등단한 후 12년 만에 첫 시집『해조』를 냈고, 이후 5권의 시집을 더 펴냈다.

첫 시집을 낸 후 30년 만에 두 번째 시집『비는 수직으로 서서 죽는다』에는 이국에서 날아온 것 같은 낯설고 건조한 시가 많다. 허만하의 시에는 '벼랑, 바위, 바다, 안개' 같은 비지칭의 무한 시공간이 많다. 그에 담긴 우리의 삶이란 찰나적이고 미미한 것일 수밖에 없는데, 그래서 허만하의 시에는 일상을 뛰어넘어 초월적인 것에 감각을 열게 하는 힘이 있다. 「조오지아 호」, 「무희」 등 해외여행 뒤에 쓴 시나 「이가리 뒷길」, 「신현의 쑥」 등 국내를 돌아보며 쓴 시 모두 인간의 조건, 역사에 대한 사유에서 시를 건져 올렸다. 그의 시는 이국 풍경의 새로움이 감성을 자극해서 쓴 시가 아니다. 곱씹으면 감성이 아닌 사유로 쓰는 시를 맛볼 수 있다.

세상을 향해 힘껏 소리치다

나태한 순응을 꾸짖으며 쏟아지는 시의 물줄기

눈을 감은 채, 나를 중심으로 해서 점점 커지는 동심원을 그려 봅니다. 집과 학교, 지역과 나라, 바다를 건너 지구 전체로 생각을 뻗어 봅니다. 그러고 보면 이 땅에는 나 혼자만 사는 게 아니에요. 나와 같은 시대를 사는 우리나라 사람의 수만 해도 5천만 명, 전 지구에는 72억 명에 달하는 사람이 살고 있습니다.

집, 학교, 지역, 나라, 지구 전체……. 그 동심원에 들어오는 것 중에 내가 사랑하기 때문에 바로잡아야 할 것들이 있다면 무엇일까요? 지금 여러분은 무엇에 관심이 있나요? 무엇에 분노하고 무엇을 바로잡고 싶은가요? 혹시 내 식판에만 튀김이 하나 덜 놓였다고, 내 청소 구역이 다른 친구보다 넓다고, 내 휴대전화만 구형이라고 분개하지는 않았나요? 그러는 사이 우리의 인식이 어느새 모래만큼, 먼지만큼 작아진 것은 아닐까요?

이제 눈을 뜨고 나의 일상을 돌아봅니다. 학교와 집, 그리고 학원. 이 세 개의 꼭짓점만을 무한 반복하는 궤도가 그려집니다. 나의 사고(思考)도 어느덧 이 삼각형 안에 갇혀 있는 것 같습니다. 학생의 삶이란 원래 이런 걸까요?

대한민국 현대사의 물줄기를 돌려놓은 1960년 '4월 혁명'은 부정 선거 무효를 주장하는 학생들의 시위에서 시작되었습니다. 11월 3일, 학생의 날도 1929년 광주에서 일어난 학생들의 항일 투쟁 운동을 기념하여 제정된 것이지요. 돌아보면 역사의 주요 고비마다 젊은이들이 있었습니다. 그들은 무엇을 고민하고 꿈꾸던 청춘이었을까요?

여기 거침없는 목소리로 사람들 앞에서 선언하는 시가 있습니다. 당당한 현재형 문장이 우리를 시의 대상 앞으로 바짝 끌어당깁니다. 그리고 우리 자신을 돌아보게 합니다.

폭포

김수영

폭포는 곧은 절벽을 무서운 기색도 없이 떨어진다

규정할 수 없는 물결이

무엇을 향하여 떨어진다는 의미도 없이

계절과 주야를 가리지 않고

고매한 정신처럼 쉴 사이 없이 떨어진다

금잔화도 인가도 보이지 않는 밤이 되면

폭포는 곧은 소리를 내며 떨어진다

곧은 소리는 소리이다

곧은 소리는 곧은

소리를 부른다

번개와 같이 떨어지는 물방울은

취할 순간조차 마음에 주지 않고

나타(懶惰)*와 안정을 뒤집어놓은 듯이

높이도 폭도 없이

떨어진다

　깎아지른 듯 솟은 절벽 위에서 물줄기가 쏟아져 내립니다. 거침없
이 내달려 와 한 치의 망설임도 없이 절벽 아래로 뛰어내리는 물줄
기는, 굳세고 용맹합니다.

─────────

* 나타 나태. 행동이나 성격이 느리고 게으름.

폭포는 말이 없습니다. 그저 곧게 낙하할 뿐입니다. 떨어지며 "곧은 소리를 내"는 폭포는 인간을 꾸짖는 것 같습니다. 행동해야 할 때, 자신에게 해가 미칠까 두려워 이것저것 재고 계산하는 인간을 꾸짖는 것만 같습니다.

'이것은 무엇이다', '그것은 무엇을 위한 것이다' 머릿속으로 규정하고 의미를 부여할 시간에, 폭포는 옳다고 믿는 대로 실천합니다. 사람들이 눈을 뜨고 있는 낮뿐만이 아닙니다. 어둠에 짓눌려 모두가 몸을 숨기는 밤중에도 폭포는 쉴 사이 없이 떨어집니다. 봄, 여름, 가을뿐만이 아니라 만물이 얼어붙는 한겨울에도 깨어 곧은 소리를 내며 자신을 아래로 떨어뜨립니다. 폭포는 고매한 정신이기 때문입니다.

인간이 집을 사고, 차를 바꾸고, 조금이라도 더 윤택한 생활을 누리기 위해 시간을 쏟아부을 때, 폭포는 오히려 그러한 일상의 행복을 거부합니다. 원래 금잔화는 생김새가 아기자기하고 화사해서 마당이나 담벼락에 심어 가꾸는 꽃이에요. 그러나 폭포가 더 곧은 소리를 내며 떨어지는 시간은 "금잔화도 인가도 보이지 않는 밤"입니다. 시인은 금잔화가 대표하는 것, 즉 일상의 소소한 행복을 그만큼 대단치 않은 것으로 바라보고 있습니다.

폭포 소리는 다른 곧은 소리를 부릅니다. 계절과 낮밤을 가리지 않고 낡은 관습, 불의한 체제, 게으른 순응을 깨부술 살아 있는 정신을 불러 모읍니다. 그와 함께 거침없이 통쾌하게 떨어져 내립니다.

그리하여 현실의 낡은 껍데기 위로 힘찬 물줄기가 쏟아져 내립니다.

번개처럼 강렬하게 쏟아지는 폭포는 현실에 취할 순간을 주지 않습니다. 모든 나태와 안정을 스스로 경계하며 거침없이 내달리지요. 그렇게 높이도 폭도 모르게 떨어지는 폭포는, 견고해서 바꿀 수 없다며, 현실을 핑계로 나태하게 순응하는 우리들 가슴을 때립니다.

감성적인 언어 사용을 거부하고 직접적인 어조로 밀어붙이는 이 시야말로, 시에 대한 고정관념을 시원하게 깨트리는 '폭포'입니다.

차가운 겨울 하늘에 그리는 무지개

대한민국 현대사의 중요한 순간마다 학생과 젊은이들이 있었다고 배우지만, 그 배움도 죽은 배움처럼 느껴질 때가 있습니다. 세월호 침몰 사고로 200명이 넘는 고교생들이 목숨을 잃었고, 단 한 명도 구조하지 못한 정부에 항의하기 위해 고등학생들이 촛불을 들었을 때 학교와 부모님은 여러분을 어떤 시선으로 바라보았나요? 민주화되기 전이나 지금이나, 불의에 저항하는 일은 크나큰 용기를 필요로 합니다.

절정 (絶頂)

이육사

매운 계절의 채찍에 갈겨

마침내 북방(北方)으로 휩쓸려오다

하늘도 그만 지쳐 끝난 고원(高原)

서릿발 칼날진 그 우에 서다

어데다 무릎을 꿇어야 하나

한발 재겨* 디딜 곳조차 없다

이러매 눈감아 생각해 볼밖에

겨울은 강철로 된 무지갠가 보다

삭풍*이 몸을 떼밀듯 불어닥칩니다. 채찍으로 갈기는 것처럼 날카로운 북방의 찬바람 속에 시인은 위태롭게 서 있습니다. 이곳은 추위와 바람에 "하늘도 그만 지쳐 끝난" 북만주 벌판, 땅과 하늘과 매서운 칼바람만 존재하는 고원입니다.

---

* 재겨 제겨. 발끝이나 뒤꿈치로 겨우.
* 삭풍 겨울철에 북쪽에서 불어오는 찬바람.

눈 더미가 점령군처럼 사방을 에워싸 웬만한 생명은 목숨을 부지하기도 어려운 땅. 그런데 시인은 이 엄혹한 세계 앞에서 흔들리거나 위축되지 않습니다. 그 이유는 아무리 절박한 상황에 처할지라도, 그에 함몰되지 않고 바라볼 수 있는 초월적인 자세를 가졌기 때문이에요. 자신의 행동이면서도 다른 이의 이야기를 전하는 듯한 '거리 두기 인식'은 '—오다', '—서다'라는 기본형 종결 어미에 잘 드러나 있습니다.

가혹하고 부당한 세계를 용납하지 않는 자아는 저항합니다. 이 거대한 세계와 맞서 싸우기 위해서는 "어데다 무릎을 꿇어야" 할까요? 무엇에 의지해야 할까요? "한 발 재겨 디딜 곳조차 없"을 것 같은 절체절명의 암흑. 그 순간 시인의 초월 의지는 다시 한 번 빛을 발합니다.

자아를 용납하지 않는 세계와 그런 세계에 끝끝내 저항하는 자아. 둘의 대결이 극한까지 치닫는 순간, 시인은 눈을 감아 버립니다. 세계에 대항할 수 있는 유일한 무기인 자기 자신으로 회귀하는 순간입니다. 자신의 의지, 신념, 그리고 고결한 꿈. 그곳에서부터 우러나오는 대답은 놀랄 만한 것이었습니다. 바로 "겨울은 강철로 된 무지개"라는 진실이었지요. 겨울의 끝에 봄이 자리하고 있듯이, 차고 단단하며 척박한 이 계절은 동시에 찬란한 희망을 품고 있었습니다. 그렇게 시인은 새파랗게 얼어붙은 북방의 겨울 하늘에서 강철로 된 무지개를 보았습니다.

이육사 시인의 고향은 경북 안동입니다. 아직까지도 유교 문화의 원형이 잘 보존되어 있는 고장이지요. 실제로 시인은 조선 최고 유학자인 퇴계 이황의 14대손이기도 합니다. 안으로는 학문을 닦고, 밖으로는 강직하게 정의를 수호하는 선비 정신을 가풍으로 이어받은 시인의 집안은 육 형제가 모두 늠름한 독립운동가였습니다. 북로군정서*, 의열단* 등 무장 항일 단체에 가담하여 17회나 징역을 살았고, 결국 베이징(北京)의 감옥에서 옥사한 이육사 시인. 「절정」을 읽고 있으면 그의 삶의 자세가 어떠했을지를 충분히 짐작할 수 있습니다. 그리고 우리 삶의 좁은 시야를 되돌아보게 됩니다.

불의를 향해 곧게 날아가는 화살

화살

고은

우리 모두 화살이 되어

온몸으로 가자

---

* 북로군정서 1919년 만주 지린 성(吉林省)에서 서일, 김좌진을 중심으로 조직한 무장 독립운동 단체. 1920년 10월 청산리 전투에서 일본군을 크게 무찔렀다.
* 의열단 1919년 만주 지린 성(吉林省)에서 조직한 항일 무장 독립운동 단체. 일정한 본거지 없이 각지에 흩어져 일본 관청을 폭파하고 관리를 암살하여 일본인들의 공포의 대상이 되었다.

허공 뚫고

온몸으로 가자

가서는 돌아오지 말자

박혀서

박힌 아픔과 함께 썩어서 돌아오지 말자

우리 모두 숨 끊고 활시위를 떠나자

몇십년 동안 가진 것

몇십년 동안 누린 것

몇십년 동안 쌓은 것

행복이라든가

뭣이라든가

그런 것 다 넝마로 버리고

화살이 되어 온몸으로 가자

허공이 소리친다

허공 뚫고

온몸으로 가자

저 캄캄한 대낮 과녁이 달려온다

이윽고 과녁이 피 뿜으며 쓰러질 때

단 한번

우리 모두 화살로 피를 흘리자

돌아오지 말자

돌아오지 말자

오 화살 조국의 화살이여 전사여 영령이여

　1978년 발간된 시집『새벽길』에 실린 시입니다. 당시 이 시가 발표되었을 때 사람들은 숨이 멎을 것 같은 긴장을 느꼈다고 해요. 여러분은 이 시를 어떤 느낌으로 읽었나요?

　「화살」은 "온몸으로 가자"와 "돌아오지 말자"는 청유형 문장이 반복되는 단순한 구조입니다. 그런데 이 단순한 구조가 마치 주술처럼 묘한 힘을 발휘합니다. 반복하여 소리 내는 동안, 독자는 충동을 느끼며 그같이 행동하고 싶어지지요.

　시인은 "화살이 되어 / 온몸으로 가자"고 계속해서 충동질합니다. 그것은 '무엇을 얻거나 잃지는 않을까' 계산하고 두려워하는 태도와는 거리가 멉니다. 몇십 년 동안 가진 것, 누린 것, 쌓은 것을 모두 넝마로 버려야만 이룰 수 있지요. 공동체와 인류에 도움이 되는 길을 고민하기보다 당장 내 한 몸의 안위와 눈앞의 이익에만 매몰되어 살았던 우리에게 그것은 혁명과도 같은 요청입니다. 새로 태어는 것 같은 결단을 요구하는 일이지요.

　그래서 시인은 "숨 끊고 활시위를 떠나자"고 말합니다. 여기서 활시위는 일상의 안정과 행복을 의미해요. 시인은 숨을 끊듯, 그런 것들과는 뒤도 돌아보지 말고 절연하라고 요구하지요. 이 시가 발표되었을 당시를 떠올려 보면, 민주주의를 꿈꾸는 사람들에게 온몸으로 부딪혀 깨뜨려야 할 독재 타파에만 집중하자는 요청으로 해석할 수 있습니다. 그러나 굳이 시대적 상황과 연결 짓지 않아도 이 시는 큰 의미를 지닙니다. 사사로운 이득을 좇느라 대승적인 차원에서 자기를 그리지 못하는 청춘들에게 던지는 격문으로서 말이에요.

화살이 노리는 곳은 "캄캄한 대낮 과녁"입니다. 캄캄한 시대, 그러나 대낮처럼 훤하게 제 실체를 드러낸 거악을 향해 화살은 날아갑니다. 그리고 그렇게 "박혀서 / 박힌 아픔과 함께 썩어" 버릴망정 화살은 돌아오지 않습니다. 과녁이 피를 뿜으며 쓰러질 때, 그때 비로소 단 한 번 피를 흘릴 뿐입니다. 이런 문장을 읽으면 두렵기도 하면서 한편으로는 피 끓는 투지가 솟아오릅니다. 나도 정의의 영령이 되어 시대를 고통으로 몰아넣는 공공의 적을 향해 날아가야 할 것 같은 사명감이 솟구칩니다.

엄혹한 독재 치하에서 이런 시를 발표한다는 건 그 자체로 대단한 용기입니다. 실제로 고은 시인은 민주화 운동에 적극 뛰어든 이래 수차례 투옥되었습니다. 시인 자신이 정의를 수호하는 병사이고 영령이었던 거지요.

우리도 일제 강점기나 독재 시대에 태어났더라면 이와 같은 삶을 살 수 있었을까요? 올바른 삶의 자세에 대해 진지하게 고뇌했을까요? 시대의 아픔을 자신의 삶의 문제로 받아들이며, 그 문제를 해결하고자 자신을 헌신할 수 있었을까요? 먼저 시대를 개척한 분들, 그리고 지금도 이 시대를 밝히고자 실천하는 소금 같은 사람들, 그들이 보여 주는 삶의 자세에 나를 견주어 보며 삶의 자세를 가다듬을 일입니다.

청춘은 세상을 품어야 합니다. 이글이글 타오르는 태양처럼 원대한 이상을 가슴에 품고, 그 뜨거운 가슴으로 세상을 껴안을 줄 알아야 진정한 새잎이라고 할 수 있습니다. 커다란 세상 속에서 고귀한 가치를 향해 자기를 활짝 열어젖힐 때, 비로소 청춘의 모든 잠재력도 활짝 열립니다.

더
읽어 볼
시집

『김수영 전집 1 - 시』, 김수영, 민음사, 2003

　1921년 서울 종로에서 장남으로 태어났다. 아버지는 파주와 홍천 일대의 지주였으나, 김수영이 태어날 당시에는 일본의 토지 수탈 정책으로 가세가 기울어 지전상을 하고 있었다. 선린상업고등학교를 졸업했고 도쿄대학교 상대에 입학했으나 1943년 징병을 피해 귀국, 가족들이 있던 만주로 떠난다. 연극에 관심을 갖고 있었고 배우도 잠깐 했었으나 해방 후 시를 발표하면서 문학에 뜻을 두게 된다. 박인환, 김경린과 함께 시집 『새로운 도시와 시민들의 합창』(1947)을 출간했다. 6·25 전쟁이 발발하고 서울을 점령한 북한군에게 징집되어 참전했다가 10월 평양에서 탈출했고, 붙잡혀서 거제도의 포로수용소에 수감된다. 1953년 겨울, 2년 남짓한 포로 생활을 끝내고 출감되었다. 통역관, 선린상고 영어 교사, 잡지사, 신문사를 전전하며 시작과 번역에 전념했다.

1959년 첫 시집이자 그의 생전에 발간된 유일한 시집인『달나라의 장난』이 출간되었다. 1960년 4·19 혁명에 크게 영향을 받아 불의에 타협하지 않고 행동하는 정신을 강조하는 사회참여시를 열정적으로 발표한다. 1948년, 49세에 불의의 교통사고로 작고할 때까지 이러한 실천은 계속 이어졌다. 1981년 김수영이 남긴 시를 모두 모아 펴낸 책을 2003년에 현대 맞춤법에 맞게 고쳐 개정판을 낸 것이 이 책이다. 시를 통해 진정한 자유에 도달하고자 한 김수영의 팽팽한 정신을 만날 수 있다.

『내 여기 가난한 노래의 씨를 뿌려라』, 이육사, 시인생각, 2012

본명은 이원록으로 1904년 경상북도 안동에서 태어났다. 그의 생가는 안동댐이 들어서면서 안동 시내로 옮겨 현재도 보존 중이다. 어릴 때 조부에게서 한학을 배웠고 보문의숙을 졸업했다. 1925년 독립운동 단체인 의열단에 가담했고, 조선은행 대구 지점 폭탄 테러 사건, 광주 학생 사건, 대구 격문 사건 등의 독립운동으로 무려 17회나 징역을 살았다. 끝내 기다리던 독립을 보지 못하고 1944년 북경의 감옥에서 옥사하였다. 41세의 젊은 나이였다. 이육사라는 필명은 조선은행 폭탄 테러 사건으로 형, 아우 4형제가 함께 검거되었을 때 수인 번호였던 '264'를 따서 지은 것이라 한다.

『육사 시집』은 해방 후 1946년 10월 생전에 그가 쓴 20편의 원고를 모아 펴낸 유고 시집이다. 동생 이원조가 형님에 대한 존경과 사랑을 담아 쓴 발문을 읽으면, 역사의 가시밭길을 꿋꿋이 헤쳐 온 시인의 장렬한 죽음 앞에 애통한 마음이 솟구친다. 시가 비록 많진 않지만 「청포도」의 싱그럽고 우아한 이미지, 「절정」과 「교목」의 차갑고 굳센 이미지와 단단한 정신, 「광야」의 웅혼한 희망가를 만나는 것만으로도 시집을 펼 가치가 충분하다. 자신의 온몸을 내던져 조국을 구하고자 했던 뜨거운 선비 정신이 어떻게 견고한 시로 피어나는지를 확인할 수 있다.

『마치 잔칫날처럼』, 고은, 창비, 2012

본명은 은태로 1933년 전라북도 군산에서 태어났다. 1950년, 18세의 나이에 전쟁 중에 일어난 참혹한 보복 학살 사건을 겪으면서 심각한 정신적 상처를 입었다. 두 번에 걸친 자살 시도 끝에 19세의 나이로 출가하여 수도 생활을 시작하였고, 1962년 환속하였다. 1970년 전태일 분신자살 사건을 계기로 개인적 허무주의를 뛰어넘어 민주화 운동에 뛰어드는데 1974년 문인들의 민주화 운동 단체인 자유실천문인협의회를 창립하고 초대 대표간사를 역임하기도 했다. 그 후 체포와 구금, 구속을 거듭하며 독재 정권과 맞서 싸웠다. 첫 시집 『피안감성』을 1960년에 낸 후 30권으로 이어지는 전작 시집 『만인보』와 서사시집 7권을 포함하여 70여 권의 시집을 펴냈다.

2012년까지 발표된 시들 중 서사시와 장편 연작시를 제외하고, 대표가 될 만한 시들 240편을 가려 뽑았다. 고은의 시 세계는 폭넓다. 50년 넘는 시력(詩歷)과 70권 넘는 작품 수도 그러려니와 다루고 있는 주제의 다양성과 언어 표현의 대담함 면에서도 그러하다. 죽음과 재생을 자유자재로 넘나드는 감각(「심청부」, 「문의마을에 가서」)과 속세에서 성스러움을 완성하려는 사유(「임종」)는 신선하고 깊다. 민주화 투쟁에 동참하라고 격정적으로 선동하는가 하면(「화살」, 「조국의 별」), 시원스레 통일의 염원을 노래(「3월」)한다. 그의 시 세계는 나이가 깊어갈수록 점점 더 생의 근원에 가까워져서 「먼 데」나 「아기의 말」에서처럼 생명에 대한 경외심을 포착하기도 하고, 살아가는 것에 대해 힘을 빼버리고 익살을 부리기도 한다.(「두 아낙」, 「안성장 할머니 몇분」) 근년의 시는 여기서 한 걸음 더 나아가 삶에 대한 허허로운 태도, 일상 속에서 영원의 숨결을 호흡하는 경지에까지 이르렀다.

시 출처

1. 나와 마주하기

정호승, 「삶」, 『내가 사랑하는 사람』, 열림원, 2003

기형도, 「여행자」, 『입 속의 검은 잎』, 문학과지성사, 1989

백석, 「흰 바람벽이 있어」, 『정본 백석 시집』, 문학동네, 2007

노천명, 「자화상」, 『이름 없는 여인이 되어』, 시인생각, 2013

윤동주, 「자화상」, 『정본 윤동주 전집』, 문학과지성사, 2004

오세영, 「자화상 2」, 『오세영 시 전집 2』, 랜덤하우스코리아, 2007

천양희, 「마음의 수수밭」, 『마음의 수수밭』, 창비, 1994

정지용, 「이른봄 아침」, 『정지용 전집 1─시』(개정판), 민음사, 2003

조지훈, 「낙화」, 『승무』, 시인생각, 2013

2. 너에게 손 내밀기

서정주, 「상리과원(上理果園)」, 『무슨 꽃으로 문지르는 가슴이기에 나는
　　　이리도 살고 싶은가』, 은행나무, 2014

장석남, 「겨울 연못」, 『뺨에 서쪽을 빛내다』, 창비, 2010

송수권, 「지리산 뻐꾹새」, 『송수권』, 문학사상, 2005

손택수, 「지장」, 『호랑이 발자국』, 창비, 2003

고두현, 「늦게 온 소포」, 『늦게 온 소포』, 민음사, 2000

김평엽,「간장독을 열다」,『노을 속에 집을 짓다』, 종려나무, 2007

김소월,「예전엔 미처 몰랐어요」,『진달래꽃』, 휴먼앤북스, 2011

황동규,「즐거운 편지」,『삶을 살아낸다는 건』, 휴먼앤북스, 2010

황지우,「너를 기다리는 동안」,『게 눈 속의 연꽃』, 문학과지성사, 1990

3. 시련을 이겨 내기

박목월,「하관(下棺)」,『박목월』, 문학사상, 2007

이문재,「기념식수」,『내 젖은 구두 벗어 해에게 보여 줄 때』, 문학동네,
      2004

고정희,「수의를 입히며」,『지리산의 봄』, 문학과지성사, 1987

박재삼,「추억에서 1」,『울음이 타는 가을강』, 시인생각, 2013

정희성,「눈을 퍼내며」,『저문 강에 삽을 씻고』, 창비, 1978

이시영,「후꾸도」,『긴 노래 짧은 시』, 창비, 2009

김영랑,「모란이 피기까지는」,『김영랑 시선』, 지식을만드는지식, 2014

한용운,「알 수 없어요」,『만해 한용운』, 문학사상, 2005

박용래,「가을의 노래」,『먼 바다』, 창비, 1984

4. 더 너른 세상으로 들어서기

백석,「팔원(八院)―서행시초(西行詩抄) 3」,『정본 백석 시집』, 문학동네,
      2007

신동엽, 「종로 5가」, 『누가 하늘을 보았다 하는가』(개정판), 창비, 1989

신경림, 「나무를 위하여」, 『쓰러진 자의 꿈』, 창비, 1993

이성부, 「산길에서―내가 걷는 백두대간 22」, 『지리산』, 창비, 2001

곽재구, 「사평역(沙平驛)에서」, 『사평역에서』, 창비, 1983

허만하, 「복사꽃나무 한 그루―고호의 눈 5」, 『비는 수직으로 서서 죽는다』,

　　　솔, 1999

김수영, 「폭포」, 『김수영 전집 1―시(개정판)』, 민음사, 2003

이육사, 「절정(絶頂)」, 『내 여기 가난한 노래의 씨를 뿌려라』, 시인생각,

　　　2012

고은, 「화살」, 『마치 잔칫날처럼』, 창비, 2012

십대들의 마음 근육을 키워 주는 시 읽기

시꽃 이야기꽃

1판 1쇄 발행 | 2014년 10월 15일
1판 3쇄 발행 | 2020년 7월 15일

지은이 | 김미경
펴낸이 | 박철준
책임편집 | 이정화
디자인 | 꽃 디자인
펴낸곳 | 찰리북
등록 | 2008년 7월 23일 (제313-2008-115호)
주소 | 서울시 마포구 동교로18길 33, 201 (서교동, 그린홈)
전화 | 02)325-6743 **팩스** | 02)324-6743
전자우편 | charliebook@gmail.com

ISBN 978-89-94368-31-3 03810